Begegnung im Herbst

Saskia Palmgren

Begegnung im Herbst

Ein lesbischer Kurzroman

Bibliografische Information der Deutschen Nationalbibliothek:

Die Deutsche Nationalbibliothek verzeichnet diese Publikation in der Deutschen Nationalbibliografie; detaillierte bibliografische Daten sind im Internet über http://dnb.dnb.de abrufbar.

© 2013 Saskia Palmgren

Illustration: Saskia Palmgren

Kontakt: saskia.palmgren@gmail.com

Herstellung und Verlag: BoD – Books on Demand, Norderstedt

ISBN: 978-3-7412-2818

Ein helles Lachen, aus vollem Herzen kommend, drang durch das allgemeine Raunen, durch die vielen Gespräche und Geräusche in der Alten Mensa der Universität.

Es war ein schönes, bewunderndes und anerkennendes Lachen, das sich dem Mund einer schlanken, in ihrem schwarzen Nadelstreifenanzug noch zierlicher wirkenden dunkelhaarigen Frau am Zehnertisch, fast in der Mitte des überfüllten Speisesaals befindlich, so unvermittelt entwand.

Gleichsam angesteckt lachten weitere Frauen am Tisch, augenscheinlich verschiedenen Altersgruppen zugehörig – jedoch keine Studierenden mehr – mit dieser, auffallend an der Giebelseite des Tisches sitzenden, Unbekannten.

Ihre Augen waren von einem irisierenden Grünbraun, die gebräunte Haut durch das enganliegende, schlichte, ausgeschnittene weiße Shirt noch dunkler wirkend, und ihre Hände gestikulierten heftig zur Unterstreichung des Gesagten, was die Zuhörenden mit Begeisterung aufnahmen und sich drängten, dem Gespräch Weiteres hinzuzufügen.

Die interessante Akteurin schien jenem Alter der jüngeren Dozentinnen bereits entronnen, dennoch säumte an jeder ihrer Seiten, den köstlichen Wildbraten genießend, eine jüngere Frau ihre anmutige Gestalt, von zwei älteren Lehrenden, die aus ihrer Erfahrung berichtend dem Gespräch ab und an hinzutraten, gespannt den Ausführungen der am anderen Ende Sitzenden folgend.

Das auffallend schöne Lachen war nicht mehr unbemerkt geblieben, denn bereits an den benachbarten Tischen blickten sich die dort sitzenden Frauen, hier in kleineren Gruppen befindlich und zuweilen nahezu intim zu zweit die Speisen genießend, interessiert an, wer die junge Frau wohl kenne. Unstrittig war, dass diese bisher an dieser Einrichtung nicht in Erscheinung getreten sein mochte, denn zu interessiert schaute man auch von den anderen Tischen zu jenem, an dem die Gespräche längst fortgesetzt worden waren und der nun den Nachtisch, köstlichen Fruchtquark in kleinen Schälchen genießend, zum Gesprächsinhalt erhoben hatte.

Eine Mittfünfzigerin in elegantem Wollkostüm und mit einem fein drapierten Schal sah schon eine ganze Weile fasziniert zu der immer noch Unbekannten am Zehnertisch.

Sie saß allein und in Blickrichtung, und sie konnte, ohne ihren Körper unnatürlich zu verschieben, die anziehende Frau, deren volle Schönheit sich durch ihr gesamtes Erscheinungsbild entfaltete, beobachten.

Mit einem leichten Lächeln und unmerklich tieferen Atemzügen, als es an diesem Freitagmittag üblich gewesen wäre, blickte sie zu der Unbekannten, genoss deren harmonische, schlanke Gesichtszüge und die makellosen Zahnreihen bei jedem Wort und jedem Satz, den die immer interessanter werdende Frau den zügigen Gesprächen schenkte, um diese zu beleben – wie die unglaublich reizvolle und faszinierende Gestalt ihrer Person es ohnehin auch ohne Worte geschafft hätte, Interesse und Aufmerksamkeit zu erregen.

Die Ältere, gänzlich in ihre teilnehmende Beobachtung Versunkene, war langjährige Professorin am Kulturwissenschaftlichen Institut der Universität. Sie hatte sich nach einer langen Laufbahn in der Wissenschaft gänzlich der Kulturanthropologie gewidmet – und damit einer Disziplin verschrieben, die die Wechselwirkung zwischen dem Menschen und seinen jeweiligen Kulturräumen versucht zu durchdringen und die die Liebe zum Menschen und zur Gesellschaft untersucht.

Gerade in jener Tatsache, dass Menschen in der Lage sind, anderen Individuen zu begegnen und – bewusst oder unbewusst – einen Bezug des Anderen zu sich selbst herzustellen und sich selbst in und mit deren Augen wahrzunehmen, sich in einen gesellschaftlichen Gesamtzusammenhang einzuordnen und in diesem zu entfalten, wird zum zentralen Forschungsgegenstand erhoben.

Nicht jeder verstand es, diese Kontexte, die Bezugsräume zu verstehen und zu durchdringen, und nur einem äußerst aufmerksamen Beobachter wäre aufgefallen, dass der hochinteressierte Blick der erfahrenen Wissenschaftlerin auf der ihr unbekannten, neuen Besucherin der Mensa an jenem übervollen Freitag im Herbst mehr war als nur der experimentelle Augenaufschlag auf ein neues Studienobjekt. Er war weitaus mehr als eine Analyse des verbalen und nonverbalen Geschehens, der möglichen Identität oder des Habitus' jener Frau, die offenbar heute als Gast zusammen mit den anderen Frauen am Mittagstisch an diesen Standort gekommen sein musste, und vermochte sich mehr und mehr Raum zu verschaffen an diesem Tage. Die Wissenschaftlerin war konzentriert und hatte sich inzwischen bis zu ihrem Dessert – roter Grütze mit Vanillesoße – vorgearbeitet.

Der durchdringende Blick, der rasche Atem und die bewegungslosen, kühl-versachlichten, äußerst disziplinierten Gesichtszüge jener Wissenschaftlerin waren von heftiger innerer Erregung geprägt, und binnen weniger Sekunden hatte sie auf die von ihr selbst aufgeworfenen Fragen zur Person der Unbekannten eine durchdringende Analyse getätigt, die sie aufgrund ihrer langjährigen Erfahrung treffen konnte und die ihren eigenen Dessert höchst angenehm bereicherte. Jene Analyse war zum Resultat gekommen, dass die Unbekannte eine Unternehmerin, die keinesfalls als hauptamtliche Dozentin oder Wissenschaftlerin dieser oder einer anderen Hochschule, sondern allenfalls als Lehrende nebenberuflich an einer anderen Hochschule tätig, etwa zwischen 35 und 40 Jahre alt, ungebunden, beruflich selbständig, und mit weitreichenden, sehr repräsentativen und kommunikativen Erfahrungen agierend heute zu einer separaten Weiterbildung an diese Universität gekommen sein musste.

Sie verfügte außerdem über stark interdisziplinäre und fachübergreifende Fähigkeiten, was auf eine vielfältige berufliche Erfahrung schließen ließ, und mit höchster Wahrscheinlichkeit war sie auch privat – trotz ihrer umfassenden Wirkung auf andere Menschen – völlig ohne Abhängigkeiten zu anderen Personen.

Wie hatte sie dies feststellen und ableiten können? Zunächst galt folgendes:

Die Unbekannte hatte bisher nicht ihre Aufmerksamkeit gefunden, was angesichts ihrer überragenden klassischen Gestalt und der Wirkung auf die Beteiligten nur den Schluss zuließ, dass es sich nicht um eine – auch sonst in Erscheinung tretende – Beschäftigte des Lehrkörpers oder der Koordinationsstellen im Hochschulmanagement jener altehrwürdigen Universität handeln konnte.

Die schöne Unbekannte war höchstens vierzig Jahre alt, wahrscheinlich jünger, um die 37. Ihre Kleidung und ihr überaus eleganter, dennoch konsequenter Stil und die sichere Gesprächsführung, die Sitzposition und der gesamte Habitus ließen auf eine freie Position außerhalb der wissenschaftlichen Laufbahn schließen. Sie war durchaus akademisch ausgebildet, wahrscheinlich sogar in mehreren Bereichen, weil sie sich mit den so unterschiedlichen Tischnachbarinnen, die augenscheinlich vergeistigt wirkten (jede auf eine andere Weise), so treffend und adäquat unterhalten konnte.

Die Themen kreisten um wissenschaftliche Inhalte und schienen recht ausdifferenziert.

Überall konnte diese hinreißend attraktive und begeisternde Frau mitreden, ohne sich etwa aufzudrängen. Sie verstand es, den anderen Frauen das Gefühl der Bestätigung zu geben, sie förmlich aufzubauen und zu coachen.

Um als Dozentin an einer Hochschule in Erscheinung zu treten, musste sie mindestens promoviert sein. Sie schien jedoch nicht – wie üblicherweise Wissenschaftlerinnen innerhalb oder nach ihrer jeweiligen Promotions- oder Habilitationsphase – einzig ihrem Fachgebiet behaftet und zur Kommunikation mit anderen Bereichen kaum befähigt oder gewillt zu sein, sondern aufgeschlossen, zugänglich und lebhaft, einfach ganz und gar souverän.

Demnach musste sie es sich leisten können, Wissenschaft als Nebenbeschäftigung und nicht im Haupterwerb zu betreiben, was stets nur von Menschen mit jener Leichtigkeit so gehandhabt werden konnte, die davon nicht leben mussten.

Die Art und Weise ihrer Gesprächsführung konnte sie nur im eigenständigen, aus allen beruflichen Hierarchien herausgelösten Handeln und Wirken erworben haben, und ihr Kleidungsstil sprach ebenfalls dafür, dass es sich nicht um eine Frau als Heimchen am Herd handeln mochte:

Der sehr elegante und edel verarbeitete, dennoch schlicht gehaltene, dunkle, schlank geschnittene Hosenanzug mit den feinen eingearbeiteten Nadelstreifen, das weiße, leicht ausgeschnittenes Shirt, das die sportliche Eleganz betonte, wirkten formal, jedoch nicht aufdringlich, eher zurückhaltend und ließen darauf schließen, dass sie sich in ihrem Berufsleben konsequent, überzeugend, aber eben auch unangepasst durchsetzen und ihre Individualität herausstellen konnte.

Diese junge, vor Dynamik und Energie sprühende Frau liebte es zu kommunizieren, Anregungen zu geben, kreative Ideen zu stiften, und sie genoss es, sich einzubringen und lebhaft zu engagieren. Die Spontaneität und die Ästhetik ihrer sichtbaren positiven Grundeinstellung deuteten darauf hin, dass sie sich auch beruflich mit diesem Bereich beschäftigte. Folglich war sie selbständige Unternehmerin mit einer eigenen Beratungsagentur für Kommunikation, Medien und PR. Da die Teilnehmerinnen sich angeregt unterhielten und völlig losgelöst vom üblichen Geschehen in der Mensa ihren eigenen Vor-lieben nachgingen – vom recht teuren Mittagessen bis zur ausgiebigen Nachspeise – konnten sie nicht an eine Mittagspause der üblichen Beschäftigten gebunden sein.

Sie widmeten sich auch ausnahmslos nur ihren eigenen Gesprächen, ohne überhaupt Anteil an den an anderen Tischen und dort befindlichen Personen zu nehmen, also waren sie alle nicht dieser Universität zugehörig, sonst hätten sie – und dies war völlig verständlich – auch einmal über jemanden in der Nähe gesprochen und in dessen Richtung geschaut, wie es auch unter Akademikern üblich war.

Da die Frauen sich offenbar schon kannten und als Gruppe abgrenzbar zu den anderen Speisenden waren, mussten sie in einer Weise verbunden sein, die außerhalb der Funktionen des Lehr- und Forschungspersonals an dieser Universität standen.

Dass sich hier so verschiedene Fachgebiete zusammenfanden, ließ deshalb noch einen weiteren Schluss zu:

Der Zehnertisch versammelte eine Reihe von Gästen, die nicht etwa zu einer gemeinsamen Konferenz oder wissenschaftlichen Tagung gekommen sein mussten – denn hier wären alle diese Teilnehmer dann mit einem etwa gleichartigen Wesen und Erscheinungsbild identifizierbar, und je nach Fach- und Forschungsrichtung dann doch sehr leicht zu erkennen gewesen.

Also konnte es sich nur um eine Weiterbildungsveranstaltung von Teilnehmerinnen fremder Universitäten und Hochschulen an dieser Universität handeln, und wenn die Teilnehmerinnen sich so angeregt unterhielten, mussten sie sich bereits vorher gekannt haben und nicht zum ersten Mal zusammen im Kontext einer Veranstaltung mit Lehrcharakter zusammengekommen sein.

Damit konnte das interessante Zehnerteam nur an einem Zertifikatskurs teilnehmen, der heute seine Block- bzw. Tagesveranstaltung an dieser Universität organisiert hatte.

Noch ging die Professorin ihrer gezielten Überlegung nach, dass es sich bei der fraglichen Tagesveranstaltung nur um den Weiterbildungskurs zur Fachdidaktik in der Hochschullehre handeln konnte, weil die Teilnehmerinnen aus unterschiedlichen Fachbereichen, Altersgruppen und Regionen kamen, als sie plötzlich selbst unvermittelt einen raschen Blick der schönen Unbekannten auffing.

Diese hatte wohl die ihr still zuhörende Frau bemerkt und wandte nun, immer noch anregend plaudernd, ihren Kopf leicht der am Rande des Saales einzeln sitzenden Professorin zu und lächelte sanft.

Die der jungen, hinreißend attraktiven Frau völlig unbekannte, sehr reif und gesetzt wirkende Ältere im eleganten Kostüm war mit einem berauschenden, nahezu verzehrenden Blick, der in jenem Moment unverblümt auf ihr geruht hatte und nun einem sich leicht öffnenden Mund Platz gab, auch bei dieser bemerkt worden, und die Schöne lächelte leicht, schlug die Augen nieder und nickte höflich zu der am fremden Tisch in großer Gestalt, dennoch gänzlich unauffällig verweilenden Frau, deren Blickrichtung sich nicht verändert hatte, um sich dann mit einem weiteren, unmerklich zarten Lächeln wieder den Frauen und dem intensiven Gespräch des eigenen Tisches zuzuwenden.

Die schöne junge Frau hatte gefühlt, wie ein Blick auf ihr ruhte, aber sie hatte jenen Blick der ihr unbekannten, an der Seite unauffällig sitzenden Älteren ja erst viel später bemerkt; dennoch war der flüchtige Moment in seiner ganzen Offenheit bewusst von ihr aufgefangen worden. Und wie ein Rauschen umfing es nun die Schöne, und sie musste sich fassen, ihr Gespräch scheinbar gänzlich unberührt weiterzuführen, aber es drängte sie, die sie den Impuls aufgefangen hatte, die Andere noch einmal anzusehen, um sich des so offen geäußerten Blickes noch einmal zu vergegenwärtigen.

Sie entschloss sich, ein zweites Mal, diesmal viel bewusster schauend, in die Richtung der an der Seite dezent placierten Frau zu blicken.

Die Augen der beiden einander unbekannten Frauen trafen sich wieder wie zufällig, aber in jenem Moment gaben sie zwei Universen frei – für eine winzige Zeiteinheit nur, aber doch so intensiv, als ob sich Welten geöffnet hätten und ihre kosmische Fülle zauberhaft in den Raum drängen würden.

Auch dieser Dialog verlief völlig stumm und nahezu unbemerkt vom Geschehen in der Alten Mensa, die mit ihrem zarten Stuck und den dazu kontrastierenden modernen Tischen und den Arrangements im Raum – Stelen, Plastiken und Bildwerken – sehr anziehend und geschmackvoll als Speisesaal eingerichtet worden war. Immer wieder während des noch immer ausgedehnten Nachtisches traf der Blick der beiden Frauen sich zwischenzeitlich im Raum, und während die Teilnehmerinnen am Tisch sich wechselnd in Dialoge begaben, die von der Schönen im Zehnertisch bestimmt und unterhalten wurden, suchte diese ganz leise, aber mit unendlicher Freude, die Andere, die sich mit ihrem Blick gar nicht abwandte, und verband sich in lautloser Kommunikation.

Es kam der Augenblick, an der sich die Gruppe erhob, und jeder sein Tablett nahm, um zur Ablage zu eilen.

Die Schöne, die bis zum Schluss in den Gesprächen aktiv gewesen war, sah noch ein einziges, letztes Mal zu der ihr Unbekannten, und fast sehnsuchtsvoll, mit einer tiefen inneren Traurigkeit, blickte sie zur Älteren, die ihren Blick diesmal senkte, an einem Löffel hantierte und sich den Anschein gab, als ob sie das Essen kritisch einzuschätzen versuchte und sich nun – wohl noch unschlüssig über die Qualität ihres Urteils – zum Gehen entscheiden wollte, aber dies – bewusst in Gedankenflüssen reflektierend – noch nicht umzusetzen gedachte.

Die schöne junge Frau nahm ihr Tablett und schloss sich, als Letzte gehend, der Gruppe an, die fast geschlossen zur Ablage stapfte und die Tabletts auf ein laufendes Band stellte. Sie wartete zuvorkommend, bis alle anderen ihre Tabletts abgelegt hatten, um ihr eigenes ebenfalls abzustellen.

Als sie sich zum Ausgang wandte und an ihrem Ledermantel in die Tasche griff, um ein Taschentuch herauszuholen, stand in ihrem Weg die Andere, Fremde, Ältere, die sich unmerklich auch dem Band genähert hatte.

Sie war ihrerseits unauffällig, höflich und diskret von dieser Seite an die Gruppe herangetreten, während diese vor dem Band warten musste, da zuvor noch andere Gäste vor dem Band standen, um ihre Tabletts abzustellen, was die Professorin genutzt hatte, um sich rasch, aber scheinbar doch zufällig zu nähern. Aufgrund des entstandenen Gedränges erschien es völlig verständlich, dass sie dezent an der Seite verblieb, um ihrerseits zu warten.

Noch einmal, diesmal völlig offen, lächelte die Jüngere die Hinzugekommene an, und ihre Zähne strahlten mit jener Zauberkraft, die schon alle anderen Teilnehmerinnen für sich eingenommen hatte, allein für die schöne, ihr Unbekannte, die erfahrene Ältere, die nun ihrerseits lächelte und mit einer wunderbar tiefen, sonoren und kraftvollen Stimme „Oh, Pardon!" äußerte, gleichsam als Bitte um Verzeihung, dass die der Schönen in den Weg getreten war.

Noch überlegte diese und streckte elegant ihre Hand aus, um der Älteren den Vortritt zu lassen, diese jedoch nahm die gleiche Geste auf und deutete zurück zu der schönen jungen Frau, die nun ihrerseits lächelte und sich rasch dem Band näherte, um – endlich! – das doch schon etwas obsolet gewordene Tablett auf- bzw. abzustellen.

Ihr Lächeln war so anziehend, dass die Professorin genießerisch die gesamte Gestalt der jüngeren Frau in sich aufsog und mit einer ebenso genießerischen Zufriedenheit für sich bemerkte, wie passend der schlanke Ledermantel über dem ebenso eleganten Anzug die Gestalt der jungen Frau in ihrer Eleganz, Selbstsicherheit und Anziehungskraft zu unterlegen vermochte – sie war eine makellose Erscheinung, an der es nichts auszusetzen gab. Die schöne Frau war bereits dem Ausgang entgegen geschritten, da ihre Gruppe sich plaudernd voraus in den zweiten Teil der Veranstaltung an diesem Tage begeben hatte, und spürte immer noch einen heißen Blick in ihrem Rücken, der sie bis ins Herz traf.

Die Ältere – ihr Tablett war längst abgestellt – entzündete sich draußen eine Zigarette, die sie genussvoll verbrauchte, und schaute der Schönen noch lange nach. Sie konnte nun ganz entspannt genießen, da sie mit sicherer Bestimmtheit wusste, dass sie diese junge Frau wiedersehen würde: Dieser Zertifikatskurs fand über mehrere Wochen immer freitags an dieser Universität statt, und die heutige Auftakt- bzw. Einführungsveranstaltung war die erste von insgesamt acht Tagen – allesamt Freitagen, von denen jeder noch schöner als der heutige zu werden versprach.

Noch lange, mit äußerster Selbstdisziplin, blickte sie der Schönen nach, die sich ihrerseits rasch entfernt hatte und die, zwar gefasst aussehend, innerlich irritiert und noch wie benommen, völlig hingerissen war. Zu stark war das Empfangen der offenen Sympathien der Anderen, Älteren an sie herangetreten, viel zu stark hatte es sich ihrer bemächtigt, und zu stark waren diese Eindrücke, die sie selbst geäußert haben mochte, nun wie ein Spiegel an sie zurückgeworfen worden. Nun lief sie mit festem Schritt, gleichsam als echtes Gegenstück zu ihren Gedanken, die schwankend, taumelnd, überwältigt von der Resonanz der Anderen waren, dem Gebäude zu, in dem sich der Kurs fortsetzte. Sie hatte es bewusst vermieden, sich überhaupt noch einmal umzusehen, weil sie zu gefangen war.

-

Keinem war diese Szene aufgefallen. Niemand fragte die Schöne, warum sie im zweiten Teil weniger Wortbeiträge einwarf, denn sie war allen bereits als hochgradig engagiert bekannt, und niemand hätte hier hinterfragt, warum nun allen anderen Teilnehmerinnen scheinbar mehr Chancen, ihre Konzepte zu entfalten, eingeräumt wurden, und die vormals Aktive sich nun doch nahezu teilnahmslos zurückzog.

Niemand nahm daran Anstoß, alle waren mit den Seminarinhalten und deren Fortsetzung befasst.

Nur die Eine nicht: Wilde Gedanken durchströmten sie, und eine unbändige Sehnsucht erfasste sie, den Raum zu verlassen, noch einmal die kühle Wissende aufzusuchen, und noch einmal, nur noch ein einziges Mal zu erfragen, mit wem sie sich so lautlos und doch so schreiend in jenen kurzen Gedanken bei Tische ins visuelle Gespräch begeben hatte.

Es fehlten ihr alle rationalen Überlegungen – einer wirklichen Analytikerin mächtig und angemessen – die Situation interpretierbar zu machen, ja überhaupt zu überlegen, wer die unbekannte Frau, die sie so offen beeindruckt hatte, sein könnte. Es mangelte ihr ebenfalls noch an der Erfahrung zu sondieren, dass es sich – schon, weil diese allein saß – bei der interessanten älteren Frau nur um eine im wahrsten Sinne des Wortes „Alteingesessene" handeln konnte, die an „ihrer" Universität schalten und walten konnte, wie es ihr beliebte.

Die junge schöne Frau war eine phantastische Managerin, aber sie war nicht befähigt, systematisch und versachlicht zu analysieren und im Kontext zu interpretieren.

Zu präsent war der Eindruck, um sich fragend mitzuteilen, und etwa die Seminarleiterin um Auskunft zu bitten, wer denn die Frau mit der sonoren Stimme gewesen sein könnte, die sich dem Band von der Seite genähert hatte, oder sich etwa ein Personalverzeichnis geben zu lassen – leicht denkbar unter dem Vorwand, die Forschungs- und Lehrbereiche der Universität im Überblick, und für die weitere didaktische Konzeption des Seminars planbar zur Hand zu haben. In jenem wären alle Mitarbeiter abgebildet gewesen; ein Leichtes, gezielt das Portrait der Älteren zu suchen und darunter die aufgeführten Kontaktdaten zu lesen.

So war sie von jenem Zeitpunkt an nur einem Gedanken verloren: Diese unbekannte Frau wiedersehen zu wollen, die sie so faszinierte. Sie selbst war eine ausgewiesene Expertin in der Kommunikation, und doch nicht in der Lage gewesen, sich – unterstellt, dies wäre eine völlig alltägliche Situation ihrer eigenen Seminare zu Präsentationstechniken, oder etwa auch protokollarischen Vorschriften und geschäftlicher, professioneller beruflicher Kommunikation – dieser Frau bei jener nun zurückliegenden Gelegenheit am Band einfach vorzustellen und sich formal korrekt bekannt zu machen und sich einfach unverbindlich in ein anschließendes Gespräch zu begeben.

Es war hier viel weniger eine mangelnde Professionalität, die sie hatte nicht ein einziges Wort äußern lassen, als der Gedanke, etwa frech, anmaßend und forsch zu wirken. Der überwältigende Eindruck, den diese interessante Frau auf sie gemacht hatte und der sich aus ihrer eigenen Wirkung auf diese Frau speiste, ihn förmlich auf sie selbst zurückwarf, war zu stark und zu plötzlich gekommen, denn sie spürte, dass hier eine ganz besondere Kraft gewirkt hatte, der sie sich nicht zu entziehen vermochte und die sie hatte völlig sprachlos verbleiben lassen.

Sie war nun in ihren Gedanken noch einmal der Situation der verschiedenen, diesem Augenblick vorangegangenen Gespräche nachgegangen, den vielen flüssigen Einwürfen ihrer eigenen Kommunikation, die sie selbst vorgenommen hatte, um sich professionell zu geben, wie sie es ihren eigenen Studierenden seit Jahren in der Kommunikation vermittelte, und sie kam zum Schluss, sich in ihrer hier gewählten, unauffälligen und unmerklichen Kommunikation nur mit ihren Augen, ihrem Blick und ihren Gesten nicht weniger professionell verhalten zu haben, und damit auch korrekt aufgetreten zu sein, ohne sich etwa aufzudrängen oder anzunähern, was sich für sie in ihrem Verständnis völlig verbot.

Ihre Gedanken wurden nun durch die nächste Pause unterbrochen, und sie war aus dem ehrwürdigen Gebäude hinausgeeilt: An der frischen, klaren Herbstluft suchte sie Kraft zu schöpfen. Die kühle Luft tat gut, sie verfehlte ihre Wirkung nicht, und nach einiger Zeit fühlte sie sich deutlich gefasster. Dennoch:

Die tiefen Eindrücke waren zu präsent, und in ihren Gedanken schien die interessante Ältere, die sie so fasziniert angeschaut hatte, in ihre Richtung zu nicken und zu lächeln.

-

Die letzten beiden Stunden des Seminars verflogen leicht, und die Abendstimmung setzte sich auf dem Heimweg fort, bei der ihre Kollegin, die zumindest bis zur halben Strecke den gleichen Weg hatte, sie einlud, mit ihr im Wagen zu fahren.

Gern hätte sie dieses Angebot abgelehnt, um weiterhin mit ihren Gedanken allein sein zu können, aber die nur unwesentlich ältere Constanze Althaus war ihr so offen einladend begegnet, dass es unhöflich gewesen wäre, sie des gemeinsamen Vergnügens auf der Fahrt zum Abend zu berauben.

So glaubte sie nun, eine gute Ablenkung von den emotionalen Anstrengungen zu erfahren, und stieg vergnügt in den kleinen kompakten Wagen. Sie warf den Kopf zurück und lehnte sich in den weichen Sitz auf der Beifahrerposition.

Constanze war Architektin und hatte ihrerseits den Umbau des Hochschulgebäudes der eigenen Einrichtung geleitet, nun kamen die beiden Frauen schnell ins Gespräch.

Die junge Schöne hatte sich als Expertin für Kommunikation einen Namen gemacht und zahlreiche Beratungsaufträge erhalten, die es ihr gestatteten, ihre eigene Lehre, die sie als Gastvorlesende hielt, direkt auf die Bedarfe der Teilnehmer abzustimmen und dies als „Nebenbeschäftigung" zu empfinden, was bei der anderen Wissenschaftlerin, die nicht extern, sondern als Mitarbeiterin eines Lehrstuhles mit einem befristeten Vertrag arbeitete, völlig anders war. Constanze – die Architektin – berichtete ihr von den Mühen mit beiden Kindern, die in ihren Altersgruppen schwierig zu handhaben waren, und von der Freude, als eine der wenigen wissenschaftlichen Mitarbeiterinnen einen mehrjährigen Vertrag über eine Lehrstuhlkooperation und damit verbundene Drittmitteleinwerbung erhalten zu haben.

Viele andere kämen nicht in diese privilegierte Situation, sondern erhielten Verträge immer nur vierteljährlich verlängert. Sie ergänzte ihren Redeschwall um die Schilderungen von den Sorgen der landesweit verstreuten Universitäten und Hochschulen, der scheinbaren Entmündigung durch die Aufgaben der Selbstverwaltung, den immer knapper werdenden öffentlichen Geldern und ähnlichen Themen, die mehr oder minder interessant für die mitfahrende Schöne – sie hieß übrigens Helena Steinberg – waren.

Diese – und das war fast schon vorauszusehen gewesen – hatte offenbar auch auf die Architektin einen entsprechenden Eindruck gemacht, weil diese die doch eher trockenen akademischen Themen geschickt zur Überleitung in den Bereich der Soft Skills lenkte und mit tiefer Bewunderung nun im zweiten Teil der Fahrt immerfort Komplimente über den gelungenen Präsentationsstil der Anderen, die so gefangen auf ihrem Beifahrersitz war, ausdrückte.

Helena Steinberg bemerkte dies aber nicht, sondern sah ihre Aufgabe – wie stets selbst-verständlich – darin, der Architektin ein kleines zusätzliches Coaching angedeihen zu lassen, und machte es sich zur Aufgabe, sie während der Fahrt aufzubauen:

Sie bestätigte ihr die Außerordentlichkeit ihres Forschungsvorhabens und das Privileg ihres stetig festen Gehalts als wissenschaftliche Mitarbeiterin.

Dies würde ihr auch später sicherlich viele Perspektiven, über diese Forschung hinaus später an der Hochschule zu verbleiben, eröffnen. Helena fügte ebenfalls hinzu, dass ihr gerade die direkte „Verankerung" an der Hochschule den Gedanken erlaubte, zum späteren Führungsnachwuchs zu gehören, der – schon aus Strukturgründen – durchaus in eine eigene Professur münden könnte, wenn die Architektin sich bewähren und ihre Forschungen auch weitreichend sichtbar vermarkten würde.

Lachend lehnte diese ab. Ja, wenn man sich zusammen einem Projekt widmen würde – meinte sie ganz pragmatisch – könne man die Kommunikation als Transfer nutzen, sie eröffnete schließlich Welten, aber die typische Alternative sei auch nicht schlecht: Wenn in einigen Jahren die Forschungsprojekte ausliefen und inzwischen ein passender Partner gefunden werden würde, könne man es sich schön machen und sich nur noch der Familie widmen, erklärte sie nun der verdutzten Helena, die den Argumenten kommentarlos gelauscht hatte.

„Ganz offen", meinte die Helena zu ihrer Kollegin, „das meinen Sie aber nicht ernst, Constanze, oder?"

Beide hatten sich, wie die anderen Teilnehmer auch, mit dem Vornamen angesprochen und waren in der Höflichkeitsform verblieben, so dass die besonders schöne, vertraute Form so nicht durch das plumpe „Du" verletzt wurde.

Und Helena fügte hinzu:

„Ich meine, wir sprechen über Ihre Zukunft, Constanze, und Sie fühlen sich als Hausfrau und Mutter – was Sie berechtigterweise ja auch sein müssen", und ergänzte noch: „wie übrigens schließlich jeder, der einen eigenen Haushalt führt".

„Nein, liebe Helena", hatte Constanze entgegnet, „ich wollte nur einmal sehen, wie Sie darauf reagieren ...". Sie lachte unnachahmlich, den Kopf mit dem zarten, ganz glatten, schulterlangen Haar wiegend, erst nach links aus dem Fahrerfenster und dann nach rechts blickend zur schönen Helena, die ihrerseits lächelte und ihren Kopf nach hinten warf, der Scherzenden zulächelnd und sich wieder in den Sitz einkuschelnd, die Rückenstützen genießend.

„Constanze, ich bitte Sie, Sie sollten meine eigene Position dazu längst bemerkt haben …", meinte sie – nun ebenfalls scherzend.

Sie blickte fest zur Fahrerin, Constanze, der Architektin mit dem glatten schulterlangen Haar, zurück.

Diese war nun angehalten, stand schweigend auf dem Parkplatz vor dem Bahnhof, der heute menschenleer zu sein schien, denn nicht einmal Taxen standen für die Fahrgäste auf dem Vorplatz der kleinen Kreisstadt bereit.

Es war noch etwas Zeit bis zur Ankunft des Zuges, der Helena in ihre Stadt zurückbringen würde, so dass der abgeschaltete Motor eine merkliche Stille eröffnete.

Es war nun Constanze, die nach unten blickte; nachdenklich und völlig leise war sie jetzt geworden. Dann wandte sie ihren Kopf zur Beifahrerin herum und sagte ganz leise:

„Natürlich. Helena, ich habe ...".

Sie setzte nicht fort, sondern drehte den ganzen Körper nach rechts, die linke Hand vom Steuer nehmend, und flüsterte, die Augen schließend: „Sie sind eine bemerkenswerte Frau."

Sie wartete nicht, bis die Angesprochene etwas erwidern konnte, sondern schaute voller Sehnsucht auf die ihr Anvertraute, berührte mit ihrer Hand sanft deren Wange, suchte ihren Mund und näherte sich rasch diesem.

Wie eine Dürstende hing sie, ihren Kopf nach hinten werfend, an Helena, schloss die Augen und genoss den Augenblick in einem innig währenden Kuss.

Die so überraschte Helena ließ es geschehen, umfasste ihrerseits zärtlich das Gesicht der völlig haltlosen, dahinschwebenden Constanze und nahm es zärtlich in ihre Hände. Als sich ihre Lippen lösten, blickten sie sich lange an.

Constanze ließ sich fallen und sank wieder in ihren Sitz zurück.

Helena legte ihre Hand auf die Constanzes, zog deren Handfläche langsam nach oben und legte sie an ihre Wange, um so schweigend einen Augenblick zu verharren.

„Constanze...", sagte sie, leise lächelnd, zu der in ihre Augen Versunkenen, „was machst Du nur mit mir?"

Und nach einer Weile: „Was tun wir hier?"

Diese blickte Helena bittend an:

„Geh nicht, nicht jetzt.....""

Helena hatte sich inzwischen wieder sehr gefasst, drehte ihren Körper zu der ganz in ihrem Sitz verharrenden Constanze, und sagte:

„Du bist wunderschön, Constanze, und ich weiß, dass Deine Lieben auf Dich warten. Sie würden es mir sicherlich nicht verzeihen, wenn ich Dich ihnen entreißen würde, und wenn es auch nur an diesem einem Abend wäre."

Sie nahm deren Gesicht in ihre Hände, während sie sprach, und küsste sie zärtlich auf die Wange, strich ihr über das schöne, seidig glänzende, feine Haar, das dem Gesicht Strenge, aber auch Verletzlichkeit verlieh, und machte sich auf zu gehen.

Wie eine Ertrinkende hing Constanze an ihren Augen, als Helena langsam den Wagen verließ, ihre Hand zärtlich auf die auf ihrem Sitz ausgestreckte Hand Constanzes legte und diese fest umschloss.

„Komm gut nach Hause, meine Liebe ...", und warf noch ein:

„Ich denke an dich ...", bevor sie entschlossen die Wagentür zuwarf und raschen Schrittes zum Bahnhofsgebäude über den immer noch leeren Vorplatz enteilte.

Constanze blickte ihr noch nach und empfing einen charmanten, freundlichen, aber auch unverbindlichen Blick von Helena. Constanze startete den Motor und war überglücklich. Sie hatte sich heute zum ersten Mal seit langem wieder wohl gefühlt.

Wie nah ihr die Schöne war, wie zauberhaft und wunderschön sie gemeinsam gelacht, gesprochen und den Tag hatten genießen können, wie dankbar sie dies aufgenommen hatte, und nun, nach einem unendlich schönen Ausklang dieses ihr nun am Abend wie unwirklich vorkommenden Tages, hatte sie mit der ihr noch Unbekannten solche innige, zärtliche Nähe erfahren dürfen.

-

Die nächsten Tage waren voller Inspiration für Helena, denn sie hatte es zu keiner Stunde bereut, die für sie Schwärmende nicht begleitet, sondern sich schon gelöst zu haben, bevor sie sich eng verbinden konnten.

Sie genoss die Aufmerksamkeit, die ihr zufloss, sehr, und nahm diese als ein Produkt ihrer eigenen Qualifikation an, als Ergebnis professionellen Handelns und Auftretens, nicht ahnend, dass sie selbst längst eine Gefangene ihrer eigenen Erscheinung und Ausstrahlung auf andere Menschen geworden war.

Sie erlebte die zumeist einseitig von den Betroffenen geäußerten Resonanzen als Inspiration, die sie speiste und die ihr immer wieder neue Kraft verlieh.

„Das ist die Macht der Kommunikation", resümierte sie innerlich, und dachte keine Sekunde daran, wie schwer es für die sie umgebenden Menschen sein musste, in ihrer überwältigenden Nähe und Erscheinung zu sein und nicht besitzen zu dürfen, was diese begehrten, und nicht verlangen zu dürfen, was so greifbar nahe vor ihnen präsent war.

Sie wurde sehr geliebt, und die vielen Herzen, die sie – sicherlich oft unbewusst – gebrochen hatte, waren wie Kieselsteine am Wegesrand liegen geblieben. Niemals hinterfragte Helena ihr Handeln, sondern fühlte sich frei und unabhängig, was ihre auch gelebte Souveränität sehr unterstrich. Sie vermied es, sich zu binden, und hatte sich dabei sehr fest im Griff.

Inzwischen näherte sich der zweite Tag der Weiterbildungsveranstaltung, der im Abstand von zwei Wochen nun noch für viele weitere, jeweils ganze Tage an der altehrwürdigen Universität ausgerichtet wurde.

Am Tag vorher erhielt Helena in ihrer Agentur einen Anruf, und sie war nicht schnell genug an den Apparat gegangen, so dass sich der Anrufbeantworter einschaltete und ihre Stimme freigab.

Die Anrufende war Constanze, die sich meldete und Helena erbot, sie vom Bahnhof der Zwischenstation abzuholen, um das Stück durch die herrliche Landschaft bis zur Universität, zu der sie beide ja wieder mussten, gemeinsam in Constanzes Auto zu fahren.

Ihre Stimme war gefasst und sicher, und sie schien fröhlich, klang jedoch vorsichtig; und aus ihrer Frage, die sie wie ein zufälliges, unaufdringliches Angebot zu formulieren suchte, damit es weder wie ein Überfall noch wie eine Rechtfertigung formuliert sein sollte, wurde deutlich, dass sie sich nach der Begegnung mit Helena sehnte. Dennoch war das Anliegen sehr dienstlich formuliert und vermied jedweden persönlichen Rückgriff:

„Guten Tag, liebe Helena, hier ist Constanze. Ich wollte mich nur rasch rückmelden, um zu fragen, ob ich Dich vom Bahnhof abholen soll. Wir könnten gemeinsam zur Uni fahren, aber vielleicht hast Du ja auch schon eine Fahrt komplett gebucht. Lass mich doch wissen, wie Du disponiert hast, dann kann ich mich darauf einstellen. Ich freue mich auch, wenn wir uns erst vor Ort treffen, in jedem Falle ganz herzliche Grüße und einen wunderbaren Tag für Dich."

Helena war aufmerksam geworden.

Bei Constanzes ruhiger, gesetzt wirkender Stimme hatte sie eine Gänsehaut bekommen, und sie war sich nicht sicher, ob sie sich erneut darauf einlassen sollte, sich wieder in Constanzes Auto und in deren Obhut zu begeben; dennoch hätte es Constanze sicher tief verletzt, wenn sie das Angebot diesmal ausschlagen würde.

So beschloss sie, diese unmittelbar anzurufen, und es schien, als hätte die Andere nur darauf gewartet, die Stimme des sehnsuchtsvoll geschätzten Menschen zu vernehmen.

„Wie schön, dass Du da bist", sagte Constanze erfreut.

„Ich hatte schon befürchtet, Du wärest möglicherweise außer Haus", freute sie sich merklich.

„Nein, meine Liebe", entgegnete Helena lachend, „ich war nur nicht schnell genug, als Du anriefest. Mein AB stellt sich schon nach wenigen Sekunden ein, damit Anrufende nicht lange warten müssen, sondern Gelegenheit haben, ihr Anliegen gleich aufzusprechen".

Fröhlich fügte sie hinzu: „Und wie schön, dass Du etwas von Dir hören lässt, Constanze, ich freue mich darauf, mit Dir zu fahren."

Constanze war dankbar und überglücklich.

Sehnsuchtsvoll hatte sie die letzten knapp vierzehn Tage verbracht. Wie eine Leidende hatte sie sich gequält und sich ohne allen Luxus, ohne Bedürfnisse und ohne Antrieb fast völlig gehen lassen. Sie war sich nicht sicher, ob Helena ihr ihren Überfall verziehen hatte – viel zu viele Vorwürfe hatte sie sich doch innerlich gemacht.

Nun war sie wie verwandelt, wie neu geboren – endlich, endlich wusste sie, es ist alles gut.

Sie gab sich alle Kraft, nicht wie kindlich zu wirken, nicht zu überströmend und ausgelassen, sondern gefasst, gesetzt, zurückhaltend, obwohl sie so erregt war, dass sie sich kaum beherrschen konnte. Wie gern hätte sie durch den Telefonhörer ihre Freude kundgetan, wie gern hätte sie rufen mögen, der geliebten Freundin zu, die sie so faszinierte. Beide Frauen verblieben daher nur im besprochenen Vorhaben, sich gemeinsam auf die Fahrt zu begeben.

Für Constanze war nicht deutlich geworden, dass auch die Andere sich sehr bemühte, sich nicht gehen zu lassen, sie war zu sehr in ihrem eigenen Üben der Dezenz begriffen, um zu spüren, dass Helenas Herz bis zum Halse klopfte. Wie fröhlich die beiden aus ihrem Gespräch gingen, war für die jeweils Andere nicht zu vernehmen. Jede nahm im guten Bewusstsein, zurückhaltend aufgetreten zu sein, um die andere nicht verletzt zu haben, den weiteren Tagesverlauf als glücklich an, und alles gelang hervorragend.

Am Abend genoss Helena einen guten Film und dachte an den nächsten Tag. Ob sie der interessanten Frau, die so unvermittelt in ihr Leben getreten war, überhaupt wieder begegnen würde? Wie würde diese reagieren? Wie sie selbst? Innerlich noch unschlüssig, schlief sie ein.

Am nächsten Tage war Constanze außerordentlich ausgelassen, und sie beschloss, die Freundin nicht warten zu lassen. Sie sagte sich allerdings, dass es unklug wäre, sich offen mit Zärtlichkeiten zu bekennen, weil sie eine gewisse Kühle in Helenas Verhalten verspürt hatte. Zu stark waren deren Reize auf sie eingeströmt, und viel zu stark hatten sie sich ihrer Situation bemächtigt, die sie letztlich überwältigte.

Zu gern hätte sie die Andere spontan in den Arm genommen, festgehalten und nicht mehr losgelassen. Wie gern wäre sie mit ihr zusammen in den schönen Abend gegangen, und wie gern hätte sie alle Zärtlichkeiten mit Helena, die sie so sehr in ihren Bann zog, erleben wollen.

Sie stellte sich vor, an einem der nächsten Tage, die man gemeinsam zur Weiterbildung fuhr, Helena einfach zu sich einzuladen. Sie erwog gut überlegt, Helena Zeit zu lassen, damit sie planen konnte. Der Gedanke, dann alles Weitere dem Schicksal zu überlassen, erregte sie außerordentlich. Bebend vor Glück fuhr sie los, und in Gedanken malte sie sich die Schönheit des Abends aus, die Stimmungen des Raumes, die Lage und Aufstellung des Mobiliars, auf die sie in ihrem geräumigen Haus noch einmal bewusst unter dem Aspekt der Zweisamkeit achten wollte.

Fröhlich fuhr sie los, und sie erreichte Helena, die ihr heute noch sportlicher, noch jugendlicher und noch zauberhafter erschien, rechtzeitig am Bahnhof.

Helena trug heute einen lindgrünen Nadelstreifenanzug, leicht tailliert, mit einem weißen Einstecktuch, und der untere Knopf war geöffnet und gab den Blick auf einen eleganten Gürtel und den flachen, trainierten, wohlgeformten Bauch, der sich mit der Muskulatur unter dem Short abzeichnete, frei.

Der einem umgekehrten gotischen Bogen nachempfundene Ausschnitt des Shirts zeigte ein schlankes, reizvolles und tief gebräuntes Dekolleté, dessen Struktur in die kraftvollen Schultermuskeln und die trainierten Bereiche der Schlüsselbeine übergingen, die fast klassisch in die tiefe Halsgrube mündeten.

Constanze gab sich alle Mühe, nicht auf diese höchst anziehenden Attribute in der Gestalt Helenas, die sie so faszinierte, zu achten, und stieg aus dem Wagen aus, um Helena die Beifahrertür zu öffnen. Sie lächelte, als sie Helena sah, offen in deren Antlitz. Helena trat auf sie zu, umarmte sie und schmiegte ihre Wange an die Constanzes.

„Ich habe mich auf diesen Tag gefreut," hauchte sie der verdutzten Constanze ins Ohr, umfasste sie an den Schultern und blickte ihr mit einem vielsagenden, unendlich gütigen Blick in die Augen.

„Danke, dass Du mich mitnimmst," sagte sie, nun etwas lauter vernehmbar; und schließlich waren inzwischen immer mehr Personen auf den Bahnhofvorplatz gekommen.

„Natürlich, es ist mir eine Ehre," erwiderte diese lachend, „steig ein!", woraufhin sich Helena in den weichen, tief liegenden Sitz fallen ließ.

Mit keinem Wort wurde über den innigen Kuss gesprochen, aber beide Frauen hatten das Gefühl, wenn sie sich ansahen, sich erneut einen hingeben zu müssen, so stark war die reflektierte Ausstrahlung Helenas auf Constanze von dieser reflektiert worden.

„Wie war Deine Woche?", fragte, sichtlich an einem bewusst und beabsichtigt rationalen Gesprächsverlauf interessiert, Constanze nach einer kleinen Weile Helena.

„Ganz wundervoll, ich habe alles geschafft, was ich mir vorgenommen hatte, und daran bist Du nicht ganz unschuldig", entgegnete diese.

Sie spürte, wie Constanze merklich schneller atmete, mit einem leichten Lächeln nach unten blickte, und setze charmant fort: „Schließlich ist Inspiration etwas, was sich aus dem Augenblick ergibt, und kreative Ideen können nur auf einem zärtlichen Boden gedeihen," fuhr sie fort, was Constanze leicht irritierte – wurde doch nun die Sympathie von Seiten Helenas so offen geäußert.

Helena trat bewusst offensiv auf, weil sie für sich erkunden wollte, ob Constanze dann unsicher werden oder ihr recht starkes Selbstbewusstsein behaupten würde.

Diese suchte passend daran anzuknüpfen, und fragte Helena zurück, die Situation gleich für sich nutzend: „Ich würde Dich gern, wenn Du magst, einmal zu mir einladen, damit Du siehst, wie ich das Haus eingerichtet habe. Ich habe im Internet ein wenig recherchiert, und gesehen, dass Du auch eine Affinität zum Interiour Design hast. Hättest Du Lust, nach Abschluss des Kurses mit mir zu Abend zu essen?"

Helena antwortete: „Nein, Constanze, ich habe noch einen Abendtermin mit Geschäftsfreunden. Wir müssen eine große Imagekampagne für Berlin besprechen, die wir akquirieren konnten."

Constanze lächelte, nicht ohne Freude darüber, dass Helena sie offenbar missverstanden hatte: Sie habe den Abschluss des Kurses in einigen Wochen gemeint, nicht den heutigen Abend, ließ sie die Andere amüsiert wissen.

Helena überlegte nicht lange und sagte zu, erbot sich aber, ihrerseits Constanze zu fragen, ob sie bestimmtes Porzellan bevorzuge und ob sie gegebenenfalls auch Kristall sammelte. Sie wollte nicht mit leeren Händen kommen, und argwöhnte, dass Constanze als Architektin wahrscheinlich reinweißes Porzellan und nüchterne, funktionale Bestecke bevorzugte. Eine edle Kristallvase könnte hier durchaus ein passendes Mitbringsel darstellen.

Dies passte gut, um der Fahrt einen rationalen Gesprächsgegenstand zu geben: Die beiden plauderten angeregt über die Schönheit der Architektur der Moderne, graue Wandfarben und die Wirkung von Licht- und Körperfarben auf das ästhetische Raumempfinden und die Texturen von Materialien.

Schon waren sie an ihrem Zielort, der Universität, die heute im herbstlichen Glanz der Sonnenstrahlen ganz wie verzaubert schien, angekommen.

Auf dem Parkplatz entstiegen sie dem Wagen Constanzes, und waren immer noch lachend ins Gespräch vertieft, als neben ihnen eine dunkle Limousine rasant einfuhr.

Helena, die gerade über ihr Interesse an den Nachfolgebauten des Bauhauses zu referieren suchte, wurde jäh unterbrochen, als sie durch die leicht getönten Scheiben sah: Mit einem aufflammenden Blick, der durchdringend auf ihr ruhte und sich nicht abwandte, blickte ihr die elegante Mittfünfzigerin entgegen.

Helena war atemlos und wie erstarrt, und sie fühlte, wie sie ihr Körpergefühl verließ – gerade so, als ob sie sich diesem entfernt hätte.

Constanze plauderte unverdrossen weiter, während sich Helena und die auffallend Zurückhaltende, ihr seinerzeit so genießerisch begegnende Ältere, in einen stummen Dialog ihrer Augen begaben.

Die Elegante sprang aus ihrem Wagen, trug heute braune Reiterstiefel aus Leder, eine ausladende waldgrüne Wollhose, ebenfalls im Reiterstil, und darüber ein tailliertes Jackett in gleicher Farbe und aus dem gleichen, behaglich und dennoch fest anmutenden Material.

Sie war etwas größer als Helena, auch etwas kräftiger, was ihr eine gesetzte, ruhige Gestalt verlieh. Das dunkle Haar war zu einem Bananenknoten frisiert, was die Strenge in ihrer Ausstrahlung voller Kraft und innerer Stärke betonte. Im Gegensatz zu dem damals getragenen weichen Kostüm wirkte die heutige Kleidung eher kämpferisch, sehr selbstsicher, und der Jagdstil hatte etwas außerordentlich Wildes, Verwegenes an sich; er war nicht zaghaft, sondern bestimmend, Wort ergreifend, fast schon militant, als ob er keinerlei Widerspruch akzeptieren würde.

Helena – sie war ebenfalls in Grün gekleidet – gab sich allen Anschein des Zufälligen und versuchte, trotz der Freude und Erregung ihre Haltung zu bewahren.

Sie grüßte die Ältere mit einem tiefen Kopfnicken, das an einen Diener erinnerte, und lächelte in einer unnachahmlich schönen, unwiderstehlichen Art und Weise, die ihre Unsicherheit verbergen sollte, in die Augen der Professorin, die sie fest und verzehrend, aber nicht plump schauend, sondern eher entschlossen und selbstsicher anblickte.

Diese spürte, wie Helena sich freute und dennoch unschlüssig war, wie sie reagieren sollte.

Die Ältere trat nun, eher verschmitzt lächelnd, auf die beiden Frauen zu, blickte aber nur Helena an und sagte mit ihrer unglaublich sonoren und kraftvollen, dunklen Stimme laut vernehmbar:

„Wie schön, dass Sie wieder bei uns zu Gast sind. Sie schenken uns einen wunderbaren, herrlichen Tag." Sie beschrieb einen Bogen mit ihrem Arm, als ob sie die herrlichen Sonnenstrahlen auf dem klassizistischen Gebäude einzufangen suchte. „Unsere Universität wird durch Sie bereichert. Bitte fühlen Sie sich wie zu Hause."

Dann schaute sie auf Constanze und fragte diese forsch, fast herausfordernd: „Wie viele Teilnehmer sind Sie in diesem Jahr beim Zertifikatskurs Hochschullehre?"

Diese zögerte, sichtlich irritiert, und versuchte etwas von: „Wir sind zehn Frauen, heute ist das zweite Mal hier vor Ort", zu stammeln, woraufhin die Ältere noch einen Schritt auf sie zutrat und sagte: „Ah ja, dann läuft es ganz hervorragend an."

Constanze erschrak merklich und stand bewegungslos, wirkte wie leblos erstarrt und konnte kein Wort mehr erwidern.

Und zu Helena gewendet, sagte die Professorin sanft: „Bitte verzeihen Sie, dass ich Sie einfach anspreche, aber eine meiner geschätzten Kolleginnen hatte dieses Programm seinerzeit konzipiert und ins Leben gerufen – wir waren bundesweit die Ersten."

Nun atmete Constanze wieder und versuchte, sich ein Lächeln zu entringen, und die Ältere fuhr fort, dabei von Helena keinen Blick wendend: „Ich bin Magdalena von Arnim und leite das kulturwissenschaftliche Institut. Meine Kollegin, Bildungswissenschaftlerin, konnte aufgrund ihrer fortschreitenden Erkrankung nicht an der Auftaktveranstaltung teilnehmen. Sie hatte das Programm vor zwei Jahren entwickelt – mit allen Mühen der Ebene …", was bedeutete, dass der Zertifikatskurs, an dem ausschließlich Frauen einer Exzellenzinitiative ihrer jeweiligen Hochschulen teilnehmen konnten, durchaus auf Diskussionen gestoßen, und nicht ohne Widerstand der zumeist männlichen Kollegen durchgesetzt worden war.

Wie stark solche Kompetenzprogramme, die Frauen auf eine Laufbahn als Professorin vorbereiten sollten und mit allem dafür erforderlichen Rüstzeug ausstatten würden, auf Ablehnung trafen, wusste Helena bereits.

Es war ihr durchaus bekannt, dass im akademischen Bereich ebenso wie im unternehmerischen Feld Frauen noch zu wenig in herausgehobenen Positionen zu finden waren – dies nahm sie aber nicht als einen Nachteil wahr, sondern meinte für sich, dass jede Frau es selbst in den Händen halten würde, wie stark sie sich in solchen Dimensionen voranbringen würde. Dass dies nicht leicht war, nahm sie als eine sportliche Herausforderung an, weniger als eine Erfahrung aus der Geschlechterforschung, die sich seit zwanzig Jahren auch in Deutschland zu etablieren begann. Die Tatsache jedoch, dass die Professorin gesondert darauf hinwies, machte diese für Helena noch interessanter und sympathischer, denn nicht ohne Stolz hatte sie gewiss ihren Anteil an der Durchsetzung solcher Exzellenzprogramme, die für jüngere Wissenschaftlerinnen den Kampf, den sie einst selbst behauptet hatten, zu einem weniger steilen Weg ebnen sollten.

Die Professorin wandte sich, lächelnd noch in die auf sie gerichteten bewundernden Augen Helena Steinbergs schauend, zu Constanze:

„Dann wünsche ich Ihnen noch viel Freude am heutigen Tag", und streifte mit ihrem Blick wieder zurück zu Helena, deren Blick sich von ihr nicht abgewandt hatte.

„Grüßen Sie bitte Christine Marquardt von mir, die die heutige Veranstaltung hält", bat sie Helena, die sich immer noch zurückgehalten hatte und auf die Bitte mit einem unnachahmlich charmanten Lächeln antwortete.

„Sehr gern", sagte sie, nun ganz gefasst, zur Professorin, und trat an diese heran, sich gleichsam vor Constanze stellend, die noch immer sprachlos zu sein schien, „ich bin allerdings Unternehmerin, und in dieser Form gänzlich unempfindlich für die Eitelkeiten akademischer Prozesse in der Selbstverwaltung …". Lächelnd fügte sie an und versuchte, dabei den durchdringenden Blick der Professorin zu erwidern: „Als Managerin darf ich – dies ist weniger Privileg als vielmehr Verpflichtung für mich – schalten und walten, wie es mir beliebt. Ich bin nicht auf jemanden angewiesen, einzig auf meinen Verstand, mein Gefühl, und mein Portemonnaie , sagte sie lächelnd, „aber das Programm ist in der Tat ausgezeichnet!"

Magdalena von Arnim durchdrang sie intensiv mit ihrem Blick, lächelte erneut und neigte sich zu Helena: „Ich weiß", raunte sie kraftvoll. „Und Sie machen diesem alle Ehre", fügte sie an, um sich mit einem charmanten Blick, der Helena von oben bis unten maß, noch einmal lächelnd, umzuwenden.

Das *'ich weiß'*, bezog sich dabei weniger auf
das Exzellenzprogramm, obwohl dieses wirklich überzeugend gestartet wurde, als vielmehr
auf die Person Helenas, über die Magdalena
von Arnim bereits recherchiert hatte. Die Unternehmerin Helena Steinberg war inzwischen
an der gesamten Universität ins Gespräch gekommen, weil sich sowohl die Veranstaltungsleiterin des letzten Kurses vor zwei Wochen als
auch die anderen Wissenschaftlerinnen anregend über die auffallende Erscheinung und das
interessante akademische Profil mit der ungewöhnlich interdisziplinären und damit sehr flexiblen Ausrichtung dieser jungen Frau ausgetauscht hatten. Helena Steinberg hatte sowohl
Verwaltungswissenschaften, als auch Nachrichtentechnik und Kulturmanagement studiert, und
sich als Unternehmensberaterin mit dem
Schwerpunkt Kommunikation einen Namen gemacht. Durch ihre Laufbahn im öffentlichen
Dienst war sie frühzeitig mit Führungskompetenzen in Berührung gekommen, und nahm für
sich den Anspruch wahr, vielseitig einsetzbar
zu sein und mit einem übergreifenden Profil
rund um die Angewandte Kommunikation Seminare und Veranstaltungen für nahezu alle
Zielgruppen – Studierende im Grund- oder
Aufbaustudium, postgraduale Promovierende
oder auch Unternehmens- und Behördenvertreter in der Weiterbildung zu beraten.

Mit ihrem Profil konnte sie sich auch in der akademischen Welt weitreichend bewegen und da sie auch im Bereich einer Spitzentechnologie im Wirtschaftsingenieurwesen promoviert hatte, konnte sie die genannten Disziplinen einander näher bringen und verbinden, und so eine Brücke schlagen zwischen den berühmten „C. P. Snow'schen ‚Zwei Kulturen'" – einer angenommenen Unvereinbarkeit der Natur-, Technik- und Ingenieurwissenschaften gegenüber den Geistes-, Kultur- und Sozialwissenschaften, die sich in der Ablehnung beispielsweise von Ingenieuren gegenüber Soziologen und umgekehrt äußerte, so dass diese Akademiker einander nicht nur nicht verständigen, sondern auch keine gemeinsame Basis für ihre Kommunikation definieren konnten.

Immer noch waren Vertreter der ersten Gruppe eher männlich, und Vertreter der zweiten Gruppe eher weiblich, und diese Zuschreibungen fanden sich an den Universitäten wie auch den Hochschulen höchst präsent gelebt wieder: Es waren eben männliche Professoren in der Physik, Volkswirtschaftslehre und Informatik, und weibliche Professorinnen in der Kunstgeschichte, Kultursoziologie oder Neueren Literatur. Interessanterweise spaltete diese Konstellation die Wissenschaften, und jene zwei Kulturen schienen sich offenbar dauerhaft zu etablieren.

Mit großem Interesse, sich jedoch kaum an diesen Gesprächen über die interessante Dozentin, die eine eigene Beratungsagentur unterhielt, beteiligend, hatte Magdalena von Arnim ihrerseits Erkundigungen eingeholt und erfahren, dass man seitens der Universität bereits Vorschläge gemacht hatte, diese neue, auffällige und interessante Dozentin dauerhaft für Kompetenztrainings in den so wichtigen Bereichen Kommunikation, Präsentation, Führung und Zusammenarbeit zu gewinnen.

Der Vorschlag, solche Trainings für Vertreter des Managements aus Wirtschaft, Politik, Medien und Kultur an dieser Universität zu verankern und weitreichend anzubieten, war schon einmal vor Jahren von der inzwischen erkrankten Kollegin Magdalena von Arnims, die das Zertifikatsprogramm entwickelt hatte, an die Universitätsleitung herangetragen worden.

Dennoch hatte man bislang keinerlei relevante Personen finden können, die für diese professionellen Trainings, in denen die genannten Kompetenzen auch überzeugend hätten vermittelt werden können, geeignet schienen. Es war unstrittig, dass sich Vertreter des Managements großer Konzerne kaum von einer unscheinbaren kleinen Wissenschaftlerin beraten lassen würden, dennoch war ein großer Bedarf vorhanden.

Dass solche Trainings mit einem eigenen Kompetenzzentrum durchgeführt werden müssten, das sich an wissenschaftlichen Aspekten ebenso wie an den internationalen Maßstäben der Wirtschaft orientieren müsse, war inzwischen einstimmig beschlossen worden.

Es war Magdalena von Arnim, die ihrerseits vorschlug, dafür eine hochdotierte Professur einrichten zu lassen, und sie hatte nun ihrerseits eruiert, dass die am Zertifikatskurs teilnehmende junge Frau mit der mitreißenden außergewöhnlichen Erscheinung und der edlen und vornehmen Persönlichkeit voller Charisma auch die formalen Voraussetzungen einer solchen Berufung auf Lebenszeit erfüllte: Sie musste promoviert sein, eine langjährige Berufserfahrung mitbringen, eigene Forschungs- und vielfältige Lehrleistungen sowie Beratungen im Managementbereich aufweisen und sich stark durchsetzen können, ohne dabei plump oder ungefällig aufzutreten. Sie musste in der Lage sein, interkulturell und interdisziplinär kompetent aufzutreten, mitreden und überzeugen zu können, ohne sich abhängig oder angreifbar zu machen. Sie musste unbestechlich und voller Integrität, Zuverlässigkeit und Glaubwürdigkeit sein, beständig und loyal in der Sache, und persönlich mit einnehmendem Wesen und starker Führungsneigung bzw. Führungseignung.

Selbstgefällige Personen, die sich wie Götter vorkamen, herablassend und eitel auf andere herunterblickten und sich im Dünkel ihrer scheinbaren Überzeugung unwiderstehlich wähnten, waren ebenso ungeeignet wie unsichere Menschen, die sich ungern vor große Auditorien zu stellen und vor Menschenmassen zu sprechen nicht befähigt oder gewillt waren.

Magdalena von Arnim konnte sich nun bewusst zurücklehnen, da sie mit ihrem Bestreben und dem wissenschaftlichen Begehren, das ihr auch innerlich ein hohes Bedürfnis gewesen war, an dieser ihrer Universität reüssiert hatte.

-

Mittlerweile waren Constanze und Helena zum Lehrgebäude geschritten, und Constanze hatte Helena gefragt, ob sie denn bemerkt habe, wie die Professorin sie angeschaut hatte. Helena lachte und sagte vergnügt:

„Liebe Constanze, ich weiß nicht, was Du meinst, aber gesprochen hat sie ja vor allem mit dir!", woraufhin diese entgegnete:

„Es gibt ja schließlich auch eine nonverbale Kommunikation, das muss ich dir sicherlich kaum sagen, oder?"

Helena erwiderte nichts – wissend, wie sehr es die Andere verletzt hätte, wenn sie ihre Aussage bestätigen würde. Sie blickte nachdenklich in die Ferne und schien verträumt.

Für Constanze war dieses Schweigen eine viel offenere Zustimmung, und sie hatte die verwegene Erscheinung der augenscheinlich ranghohen Professorin, die auch so auftrat, als würde sie sich selbstsicher nehmen, was sie wolle, auch entsprechend interpretiert.

„Lass uns auf die heutige Veranstaltung einstimmen, einverstanden?" Helena unterbrach sich und ihre Gedanken, umfasste Constanzes Schulter, und gemeinsam liefen sie zum Konferenzraum, in dem das Tagesseminar stattfand. Es sah für heute erstmals verschiedene Situationen vor, in denen die Teilnehmerinnen ihre Konzepte überprüfen und vorstellen sollten. In den Gruppenübungen ergaben sich nun wechselnde Konstellationen von Personen, die zu einer ungemein heiteren und lockeren Atmosphäre des ansonsten recht trockenen Fachgebietes Hochschuldidaktik beizutragen vermochten. Automatisch waren die Teilnehmerinnen konzentriert, und die eigenen Lehrkonzepte, Darstellungen der Wissensvermittlung der so unterschiedlichen Fachgebiete, nahmen die Frauen sehr in Anspruch.

Umso erfreulicher war es, dass die kleinen Grüppchen, die nun die letzte Aufgabenstellung vor der Mittagspause bearbeiten sollten, sich auf unterschiedliche Mittagsriten einigten, und so kam es, dass Constanze sich mit den beiden anderen Frauen ihres Teams – einer Wissenschaftlerin aus der benachbarten Hochschule für Musik und einer Patholinguistin, die Sprachstörungen erforschte – auf einen Imbiss in einem nahe gelegenen China-Restaurant mit exquisiter Küche verständigte.

Ein anderes Team wollte gar durch den nahen Park zu einem Stand flanieren, um den Beinen etwas Gutes zu tun, während sich Helena mit drei weiteren Teilnehmerinnen und der Veranstaltungsleiterin, Prof. Dr. Christine Marquardt, zur Alten Mensa bewegten.

Christine Marquardt war mit Helena Steinberg ins Gespräch gekommen, und der Rest der Gruppe eilte voraus, um sich nach dem anstrengenden Seminar auf das Essen zu stürzen.

Helena nutzte die Zeit, um Christine Marquardt die Grüße zu übermitteln, und diese reagierte erfreut und blühte auf. Begeistert sagte sie, in sich lächelnd: „Ach, dann haben Sie sich schon persönlich kennenlernen können? Wie finden Sie diese Frau? Einfach toll, oder?"

Helena wusste nicht recht, was sie daraufhin antworten sollte, ohne sich in irgendeiner Weise zu offenbaren, aber noch bevor sie etwas sagen konnte, fuhr Christine Marquardt fort:

„Meine Mentorin Charlotte Rothenburger hatte ursprünglich das Zertifikatsprogramm entworfen. Sie ist eine Legende in der Bildungstheorie, und es ist sehr bedauerlich, dass es ihr durch ihre Erkrankung nicht mehr möglich sein wird, die Teilnehmerinnen kennenzulernen – es ist nicht einmal sicher, ob sie überhaupt wieder genesen wird." Betroffen hielt sie inne und nahm einige tiefe Atemzüge. Sie blieb stehen, und Helena verweilte teilnahmsvoll mit ihr auf dem Weg, der zur Alten Mensa führte.

„Sie müssen wissen, dass Magdalena von Arnim seinerzeit durch meine Mentorin an diese Universität kam und die Kulturwissenschaften hier mit einer internationalen Dimension verankert hat. Charlotte Rothenburger, bei der ich mich in der Hochschuldidaktik habilitiert habe – ich war damals aber Wissenschaftlerin an einer anderen Universität – legte später, als sie schon sehr krank war und sich abzeichnete, dass ihre Lebenskraft schwächer würde, das Zertifikatsprogramm auf, und Magdalena schlug mich dann als Koordinatorin vor, weil sie schon lange von der Erkrankung wusste.

So kam ich hierher und wurde gleichzeitig selbst Professorin im Hause meines eigenen Vorbildes. Dies habe ich Magdalena von Arnim nicht vergessen, denn ohne sie wäre diese Professur nicht eingerichtet worden."

Und sie fügte lächelnd hinzu: „Sie haben sicherlich schon bemerkt, dass diese Frau eine hervorragende, brillante Analytikerin ist, deshalb konnte auch niemand ernsthaft gegen das Programm vorgehen. Ganz offen, ich finde sie großartig – eine der interessantesten Frauen, die ich je kennenlernen durfte."

Helena meinte daraufhin: „Sie ist eine außer-ordentlich kultivierte, gebildete und anziehende Erscheinung. Ich sage dies als Frau, die sich weniger mit Konzepten und ihren Auslegungen, als viel mehr mit Kommunikation, ihrer Darstellung, Wahrnehmung und Wirkung befasst. Es gibt nicht viele Menschen, die auch in ihrem äußeren Wirken Menschen so erhaben und auf eine ganz und gar geistige Weise faszinieren und fesseln können. Dies ist eine über jeden Zweifel erhabene, sehr überzeugende und durchsetzungsstarke Frau."

Sie gab sich den Anschein nüchterner Distanziertheit, aber Christine Marquardt war nicht unaufmerksam, sondern sagte warmherzig:

„Ich würde Sie gern näher bekannt machen, wenn Sie erlauben", und sie lächelte verschmitzt mit einem unglaublich anziehenden Blick auf Helena Steinberg gerichtet, die neben ihr schritt.

„Gern," entgegnete Helena Steinberg. „Ich finde diese Frau – ganz offen – wirklich sehr faszinierend, aber bitte: Lassen Sie sich alle Zeit, ich möchte mich keinesfalls aufdrängen", beeilte sie sich noch zu sagen.

Nun lächelte Christine Marquardt mit einem noch charmanteren Blick in die Ferne, um diesen dann kurz nach unten zu richten, und sich wieder zu Helena umzudrehen: „Sie drängen sich bestimmt nicht auf, liebe Frau Steinberg. Die Zeit, die wir in unseren Händen halten, ist viel zu kostbar, um sie verstreichen zu lassen," fügte sie vielsagend hinzu, denn schon waren Sie am Eingang der Alten Mensa, die heute weniger besucht war, angekommen.

Dort wartete die nun allseits beworbene Professorin, und Christine Marquardt trat lächelnd auf sie zu. Formal korrekt stellte sie die jüngere Unternehmerin und Gastdozentin Dr. Helena Steinberg der Institutsleiterin, Professorin Dr. Magdalena von Arnim vor, die ihrerseits alle beide zum Mittagstisch bat.

„Ich habe schon viel von Ihnen gehört", sagte diese, mit ihrer kraftvollen, sonoren Stimme an Helena gerichtet, und schaute dieser bei der Begrüßung mit ihrer festen, weichen und warmen Hand forsch ins Gesicht.

Helena entgegnete, überrascht und erneut sichtlich verlegen, was sie durch ein bezauberndes, herzliches Lächeln zu verbergen suchte: „Oh, doch hoffentlich nur Gutes?", woraufhin sie eine Hand an ihrem Arm spürte, ganz sanft und ganz vertraut. Es war die feste Hand Christine Marquardts, die sich gleich ins Gespräch einbrachte, so dass Magdalena von Arnims Blick weiterhin ungestört auf Helena Steinberg ruhen konnte:

„Ausnahmslos, liebe Frau Steinberg. Ihre Fähigkeiten, Menschen zu begeistern, deren positive Eigenschaften sichtbar zu machen und diese zu motivieren, sind in aller Munde. Sie agieren gefällig und geschmeidig, aber dennoch bestimmt und selbstsicher, sie sind – ich darf dies hoffentlich auch als Bildungswissenschaftlerin sagen – einfach top-professionell. Dies findet man nicht sehr oft bei Akademikerinnen, auch wenn diese vielfach in der Forschung besser sind, als ihre männlichen Kollegen", setzte sie unmittelbar fort.

Helena war irritiert und schüttelte leicht den Kopf:

„Oh nicht doch, ich bitte Sie. Sie sollten von all dem, was Sie erfahren haben, nur die Hälfte glauben, dann ist es sicher noch immer zu 80 Prozent übertrieben", fügte sie bescheiden, aber in vollem Bewusstsein ihrer nun wiedergefundenen Sprache nach den mitreißenden Erlebnissen, die sie innerlich inspirierten und beflügelten, hinzu.

„Sie meinen, nur fünf Prozent von dem, was Sie umgibt, entspräche der Wirklichkeit?" fragte nun Magdalena von Arnim scheinbar entrüstet, mit mächtiger Stimme, als sie sich setzten.

„Dann klaffen bei Ihnen offenbar Selbst- und Fremdbild recht stark auseinander. Schauen Sie doch einmal in die Runde dieses Mittagstisches, und bitte nehmen Sie sich selbst ganz offen wahr", schloss sie an. „Ich meine wohl, dass es keine Frau an dieser Universität – und übrigens auch nicht an anderen – gibt, die Ihre Wirkung aufweist. Sie reißen Menschen mit, wissen sich zu benehmen und gefallen einfach ganz von selbst. Sie sind das personifizierte Charisma – übrigens ist dieser Begriff ja auch ursprünglich weiblich besetzt", fügte sie lächelnd hinzu.

Und sie ergänzte ausführlich, ihre eigene Beschreibung genießend:

„Sie sind Kommunikationswissenschaftlerin, aber sie sind auch in persona die gelebte Kommunikation. Sind Sie sich dessen denn eigentlich überhaupt bewusst?" Und sie ergänzte noch:

„Sie agieren in der Sprache und allen anderen Formen von Kommunikation wie selbstverständlich gefällig und professionell, sie wissen, was sie wann in welcher Form, mit welchem Timbre, in welchem Ton und mit welchen Mimiken, Gesten und anderen begleitenden Parametern an Menschen adressieren müssen, um Informationen, Botschaften, Mitteilungen oder Nachrichten zu übermitteln, aufzunehmen und weiterzugeben. Dies ist gewiss nicht leicht, und wir wissen, dass Kommunikation mit vielen Missverständnissen assoziiert ist. Wenn dies so leicht wäre, gäbe es keine Fehlinterpretationen und Missverhältnisse, keine Kriege, keine Streitigkeiten, keine Trennungen und keinerlei Konflikte. Kommunikation ist eine Schlüsselkompetenz, die nur wenige überhaupt beherrschen."

Helena war ganz ruhig geblieben, und schaute Magdalena von Arnim nachdenklich an.

Mit fester Stimme, dabei ihren Kopf hebend und in das Gesicht von Magdalena von Arnim blickend, die sie mit einem leichten Lächeln herauszufordern schien, sprach sie ernsthaft:

„Ich bitte Sie, verehrte Frau von Arnim, liebe Frau Marquardt, dies ist – ich darf dies ganz offen zugeben – ein Prozess jahrelanger Erfahrungen, übrigens auch unangenehmer. *Wie* man mit Menschen umgeht, *was* man *wann* zu *wem* in *welchem* Augenblick sagt, um sein Anliegen zu placieren, *welcherlei* Ideen und Impulse man auf *welche* Weise gibt, sind kein – ich betone – *keinerlei* persönliches Verdienst."

Sie machte eine Pause, um ihren Worten ausdrucksvoll Bedeutung zu verleihen:

„Ich darf Ihnen meinerseits versichern, dass dies eine bewusste Teilnahme am Prozess und an der Macht der Kommunikation, der Worte, Gesten, Situationen, die wir erkennen und handhaben ist – dies ist weniger ein Privileg, als vor allem viel Verantwortung. Ich kann darin – ganz offen – nichts Besonderes oder Außergewöhnliches entdecken, es ist – wie ich meine – ein Fachgebiet, wie jedes andere, vielleicht sogar weniger anspruchsvoll als andere, beispielsweise die Theoretische Physik, die Konstruktionslehre, die Diskrete Mathematik."

Und sie ergänzte bedeutungsvoll:

„Bitte bedenken Sie, dass all diese Fach- und Forschungsgebiete eine viel größere Berechtigung und eine viel längere Existenz in der Wissenschaftsgeschichte haben. Sie erwirken auch mehr für die Menschheit, die von ihnen sicherlich erheblich mehr zu profitieren vermag."

Magdalena von Arnim lächelte und sprach – ohne einen vorwurfsvollen Blick zu werfen, da sie die Bescheidenheit von Helena Steinberg als sehr anregend empfand, diesmal mit einem Blick auf Christine Marquardt gerichtet, als ob sie derer gemeinsamen, kollegialen Bestätigung bedurft hätte, weiter:

„Unabhängig von der Tatsache, dass ohne Kommunikation keine dieser Disziplinen denkbar und somit existierend wäre, und ich sicherlich richtigerweise davon ausgehe, dass Kommunikation als Basis, Prozess und Produkt menschlich-sozialer Interaktion die Entwicklung der Menschheit überhaupt erst ermöglicht, suchen wir an unserer Universität seit langem eine kompetente, und zwar höchst kompetente Frau, die Managementseminare halten, und das Fachgebiet Kommunikation, Führung und Zusammenarbeit langfristig vertreten könnte.

Ihre Resonanzen im Kurs, verehrte Frau Steinberg, den Sie sicherlich aufgrund einer eigenen Laufbahn als angehende Hochschullehrerin ausgewählt hatten, sind dabei nicht unbemerkt oder gar unbeachtet geblieben."

Sie hielt einen Moment inne, blickte über Helena und Christine hinweg, dachte sehr ernsthaft nach und sagte schließlich, dabei wieder – diesmal sehr ernst – auf Helena schauend: „Wenn wir Sie für diese unsere Universität gewinnen könnten, wäre es eine Bereicherung. Es wäre auch eine hohe Ehre für unser Haus."

Und sie sprach davon, wie sie seit langem die Managementkompetenztrainings beraten und ausgearbeitet hatten, wie hoch der Bedarf bereits im Vorfeld an die Universität getragen wurde, und wie befürwortet inzwischen diese Kompetenzvermittlung aus den Reihen der Zielgruppen – Unternehmensführung, Politik und Verwaltung, Medien, Bildung und Kultur – gewesen sei.

Helena Steinberg blieb ganz ruhig und sichtlich gefasst. Was man ihr hier gerade anbot, war eine äußerst lukrative Position, die nicht nur auf eine eigene Professur hinauslief, sondern ihr auch weitere Möglichkeiten einräumte, sich noch stärker zu entfalten.

Nun war Helena im Bilde, welche Initiativen man an der Universität bereits bemüht hatte, und das, was sie mit ihrer Agentur als stets externe Referentin vermitteln konnte, wurde nun erstmals auch für sie institutionalisiert möglich – mit vollwertigem akademischen Charakter, aber auch mit den internationalen Maßstäben einer exzellenten Wirtschafts-, Politik- und Managementberatung.

Es kam ihr vor wie in einem unwirklichen Traum, der von Christine Marquardt, die sich zu einem anderen Gespräch in der noch verbleibenden Zeit verabschieden musste, unterbrochen wurde.

Diese lächelte Helena an, warf Magdalena von Arnim einen bedeutungsvollen Blick zu, und begab sich zu ihrem nächsten Termin.

Helena schaute dieser nach, um dann in die Augen der ihr nun gänzlich gegenübersitzenden Frau mit der sonoren Stimme, dem kämpferischen Aussehen und der machtvollen Erscheinung zu blicken. Sie war noch schweigend verblieben, um diesen Augenblick zu genießen, und war nun dankbar über den geschäftlichen Inhalt des Gespräches und den offiziellen Charakter, der ihr eine hohe Sicherheit verlieh, ihre eigenen Emotionen zu beherrschen.

Nun war sie umfassend informiert, und man konnte sich zu zweit gänzlich auf dieser dienstlichen Ebene verständigen.

Helena Steinberg, die immer noch wie überwältigt saß und sich nicht bewegte, verspürte ein starkes Herzklopfen, und versuchte mit aller Kraft, sich zu fassen.

Magdalena von Armin fuhr sachlich fort, jedoch nicht ohne ihren genießerischen Blick auf den ebenmäßigen Zügen Helena Steinbergs ruhen zu lassen: „Wenn Sie einverstanden sind, würde ich gern ein offizielles Schreiben an Ihre bisherige Universität richten, um Sie sozusagen abzuwerben, und wenn Sie das nächste Mal bei uns sind, besprechen wir die Details." Sie ergänzte weiterhin: „Wir werden bereits im nächsten Frühjahr starten, richten Sie sich deshalb auch mit Ihren Projekten darauf ein."

Der Blick Magdalena von Arnims war sanft, äußerst dezent, aber dennoch unverblümt offen auf Helena gerichtet. „Sie sind eine bemerkenswerte Frau, Helena, wenn ich Ihnen dies sagen und ich Sie hier – unterstellt, Sie sind mit meinen Ausführungen und Intentionen auch einverstanden – auch persönlich ansprechen darf."

Sie lehnte sich zufrieden zurück und schloss an: „Mein halbes Leben habe ich auf so eine Wissenschaftlerin, wie Sie es sind, liebe Helena, gewartet, und da Sie zugleich auch Managerin und Unternehmerin sind, stellen Sie für uns hier das absolute Idealbild dar."

Helena schaute in ein sich offenbarendes Universum voller Leidenschaft, das im Antlitz dieser interessanten und sich nicht verbergenden Frau ruhte. Gänzlich ihrer Profession entgegen wagte sie es nicht, irgendetwas zu äußern, sondern lächelte in das Gesicht der Professorin, um ihren Blick dann suchend durch den Raum zu führen.

Magdalena von Arnim lächelte ebenfalls, und Helena legte nun ihre Hand auf deren auf dem Tisch ausgestreckte Rechte:

„Verehrte Magdalena, ich darf dies – Ihr Einverständnis vorausgesetzt – zurückgeben. Sie sind die Interessantere von uns beiden, und ich fühle mich sehr geehrt, wenn mir die Möglichkeit gegeben wird, zukünftig an Ihrer Universität zu lehren." Beider Blicke ruhten ineinander, und für alle Außenstehenden war dieser Dialog ein förmliches Gespräch, das auch durch die wenigen zärtlichen Gesten nicht an offiziellem Charakter verloren hatte.

Kaum jemandem war die Leidenschaft, die diese beiden Frauen empfanden, aufgefallen; zu stark hatte der dienstliche Zusammenhang des Gespräches in der Alten Mensa dies elegant zu überlagern verstanden.

'Was für eine göttliche Fügung', musste Helena denken, während sie ungezwungen mit Magdalena das Gespräch über die Bereiche der Universität fortsetzte. Beide lachten, plauderten herzlich und auch nachdenkend, sich unterbrechend, um den Ausführungen der jeweils Anderen zu lauschen.

Beide Frauen verblieben mit der Vereinbarung des nächsten Treffens, und Magdalena von Armin schlenderte mit Helena Steinberg an den Institutsräumen ihres Hauses vorbei bis zum Pavillon, der vor dem Gebäude stand, in dem der Zertifikatskurs abgehalten wurde.

Sie reichte der Jüngeren ihre Hand, und als Helena diese mit festem Halt drückte, umfasste Magdalena deren Arm vertraut und familiär.

Sie lächelte sanft in die Augen Helena Steinbergs, und sagte zu ihr, dabei fast ein wenig traurig: „Kommen Sie gut wieder nach Hause zurück, und ich freue mich auf Ihren Besuch bei mir in zwei Wochen."

Helena durchströmte es sanft und heiß und sie legte, schwer atmend, ihrerseits die linke Hand auf die Magdalena von Arnims.

„Auch Ihnen eine gute Zeit", warf sie ein, und die Augen der beiden Frauen waren tief ineinander versunken. Helena löste langsam ihre Hand aus der Magdalenas, und diese strich sanft über deren Handrücken, weil es ihr sichtlich schwerfiel, sie nun loslassen zu müssen.

Helena schloss die Augen und wandte sich rasch zum Gehen. Magdalena blickte ihr nach, entzündete eine Zigarette und ging zu ihrem Institut zurück.

-

Der Kurs setzte sich fort, und Constanze war in der Mittagspause, die sie ja in dem nahe gelegenen chinesischen Restaurant verbracht hatte, gut mit den Teilnehmerinnen ihrer Gruppe ins Gespräch gekommen.

Christine Marquardt setzte für den Nachmittag noch etliche Aufgaben an, die für die zehn Frauen reichlich Stoff für kreative Interaktionen boten, und trat zwischendurch an den Tisch von Helena.

Sie fragte, deutlich leiser sprechend, auf die Unterlagen schauend, die am geräumigen Tisch ausgebreitet waren:

„Haben Sie sich mit Magdalena von Armin vereinbaren können?"

Rasch fuhr Constanze herum, als sie den Namen hörte, obwohl sie doch in reichlicher Entfernung an ihrem Tisch mit den beiden Teilnehmerinnen in die Materialien vertieft stand.

„Wir werden die Details in zwei Wochen besprechen", erwiderte Helena an Christine zurück."

„Wunderbar. Ich freue mich sehr darüber, auch persönlich", und mit einem Blick auf Constanze, deren unverblümtes Interesse sich der aufmerksamen Christine Marquardt offen mitgeteilt hatte, fügte sie hinzu:

„Wir sind seit langem auf der Suche nach einer Besetzung für Kompetenztrainings in der Kommunikation, ich habe nämlich ein Modul für diese Intensivkurse ausgearbeitet. Das Dekanat wird die Verträge vorbereiten und Ihnen auf dem Dienstwege zusenden. Dann steht dem Start des Zentrums nichts mehr im Wege."

Helena nickte und lächelte zu Constanze hinüber. Diese hatte nun einige Informationen erhalten, die ihr zugestanden wurden, aber auch nicht mehr. Helena meinte innerlich, dass Constanze ihrerseits durchaus das Recht hatte, einige Hintergründe zu erfahren – schon, um ihr nicht das Gefühl zu geben, minderwertig zu sein, und lächelte noch einmal zu ihr, um sich dann wieder zu Christine Marquardt zu wenden.

Constanze hingegen war sichtlich beunruhigt und ahnte bereits, dass in der unscheinbaren Mittagspause eine Entscheidung gefallen sein musste, die ihr die geliebte Freundin nicht näher brachte, sondern ihr entfernte, und einmal mehr bedauerte sie, nicht promoviert zu sein, was bei Architekten ohnehin eher eine Seltenheit darstellte.

In der Tat war Helena – akademisch betrachtet – tatsächlich in einer exklusiveren Position als Constanze, da sie ihrerseits auch aus Sicht der wissenschaftlichen Bestimmungen – und nicht zuletzt auch verwaltungsrechtlich im Rahmen der Landesgesetze für die Berufung von Hochschullehrenden – bereits alle Voraussetzungen für eine Laufbahn als Professorin mitbrachte.

Es war aber bei Constanze keinerlei Neid oder Eifersucht in ihren Gefühlen zu spüren.

Ihrer bemächtigte sich nur die einfache Traurigkeit, dass Helena ambitionierter war, überzeugender, in Gänze überragender und damit auch unerreichbar für eine gemeinsame Zukunft, die sie gern mit ihr definiert hätte.

Dennoch war sie – dies war eine Reaktion fast aus einem Trotz heraus – auch ein wenig stolz auf sich selbst, schließlich hatte sie in einem kurzen Augenblick einfach „zugegriffen", Helena spontan in ihren Arm genommen und ihr einen Kuss entrungen – so offen und zärtlich, wie es kaum mehr möglich war, ohne die Grenzen der im öffentlichen Raum gegebenen Schranken zu überwinden. Der Gedanke an die gemeinsame Rückfahrt, auf der sie vorsichtig erkunden wollte, wie eng Helenas Eindruck von ihr sein würde, erfüllte sie nun und gab ihr ein glückliches Gefühl.

Helena hingegen war ganz ruhig geblieben. Sie hatte wohl die Unruhe und Erregung bei Constanze wahrgenommen und nahm sich vor, auf der Rückfahrt besonders sensibel mit dieser umzugehen, um in dieser keinerlei Missverständnisse oder Erwartungshaltungen auszulösen oder bestehende zu verstärken.

So lächelte sie abermals in sich und nahm nicht wahr, dass ihre Gedanken sich einer anderen offenbarten:

Christine Marquardt, die sich hier scheinbar nur als Lehrende des Kurses zu beteiligen schien, war der stumme Dialog der beiden Frauen nicht unbemerkt geblieben., und anders als Helena machte sie sich ernsthafte Sorgen um jene, denn ihr war bewusst, dass früher oder später ein Konflikt entstehen würde, der sich dienstlich und persönlich auf die auch von ihr als sehr attraktiv empfundene Helena auswirken musste.

Anders als diese spontane und zielsichere, jedoch auch impulsive Wissenschaftlerin, die ihrem Fachgebiet entsprechend oftmals nicht analytisch, sondern eher synthetisierend handelte, war Christine Marquardt sehr erfahren, und dies resultierte nicht aus der Beziehung, die sie selbst zu ihrer Mentorin Charlotte Rothenburger, jener Legende in der Bildungstheorie, aufgebaut hatte, sondern der professionellen psychologischen Erfahrung, dass eine Frau wie jene Helena Steinberg starke Gefühle in anderen Menschen auszulösen prädestiniert war, und sie war sich sicher, dass diese auch mit ihrer positiven Wirkung und Ausstrahlung achtsam umzugehen verstehen sollte.

Christine Marquardt war klar, dass Helena sich in eine persönliche Gefahr begab, wenn die volle Dimension der neuen Position bekannt und vor allem in Constanze, die sich offenbar eigenmächtig Helena angenähert haben mochte, mögliche Erwartungshaltungen verstärken oder zunichte machen würde. Sie entschloss sich daher zu einer sehr professionellen, gleichwohl ungewöhnlichen Strategie, und trat – scheinbar aus den Inhalten der Seminarkonzeptionen schöpfend – an Constanze heran.

„Sagen Sie Constanze, wie weit ist Ihr Forschungsvorhaben eigentlich schon vorgedrungen? Sie hatten uns doch heute morgen von dem Kooperationsvertrag des Lehrstuhls berichtet, der auch ihre Lehrveranstaltungen einbettet. Hatten Sie für die von Ihnen angeregte Forschung zu den Bauten im Bestand – wenn ich dies richtig erinnere – denn auch schon einen externen Gutachter? Soweit ich weiß, forschen Sie zur Energieeffizienz von Gebäuden, nicht wahr? Ich habe eine Freundin in unserer Fakultät für Architektur und Bauingenieurwesen, die weltweit spezialisiert ist. Es handelt sich dabei um Nadine Morton, Sie werden sie kennen." Bei diesem Namen weiteten sich Constanzes Augen, und jäh unterbrach sie die Metaplan-Methoden, die zur nächsten Aufgabe des Nachmittags gemacht wurden.

„Nadine Morton ist hier an der Universität?", fragte sie völlig überrascht.

Christine Marquardt lächelte wissend, und sie fügte hinzu: „Ja, seit einem Jahr ist sie bei uns Honorarprofessorin.

Wir sind sehr stolz darauf, sie gewonnen zu haben. Ich würde Sie gern miteinander bekannt machen, wenn Sie dies erlauben. Nadine Morton ist in zwei Wochen wieder im Hause, weil sie ihr eigenes Büro in New York weiter unterhält und ihre Aufträge von dort abwickelt. Wir haben sie aber dauerhaft für Gastveranstaltungen gewonnen, und sie ist als Gutachterin für externe, aber eben auch nur außerordentlich ambitionierte Forschungsvorhaben tätig. Richten Sie sich doch bitte auf ein Gespräch ein, wenn wir uns in zwei Wochen hier im Kurs wieder sehen, ja?"

Christine Marquardt waren die leuchtenden Augen Constanze Althaus' nicht entgangen, und die Wirkung dieses Arrangements hatte sich nicht verfehlt: Constanze stand unbeweglich geöffneten Mundes und sprachlos vor ihren Materialien und blickte entgeistert.

„Und senden Sie mir vorab bitte eine Zusammenfassung Ihres Vorhabens!"

Christine Marquardt war instinktiv wieder von ihr zu einer anderen Gruppe getreten, und rief Constanze zu, dass aus dem kleinen Abstract, nicht mehr als anderthalb Seiten, auch die relevanten Forschungsfragen hervorgehen sollten und die anderen anvisierten Gutachter.

Sie sagte laut und vernehmlich auch zu den anderen Teilnehmerinnen: „Dies gilt auch für Sie, meine Damen. Wenn jemand von Ihnen einen Gutachter oder eine Gutachterin unserer Hochschule für eine eigene Forschungsarbeit einbinden möchte, sprechen Sie mich bitte gern an. Sie erhalten dann für die Begleitung Ihres Forschungsvorhabens auch die offizielle Betreuung durch unsere Hochschule. Das qualifiziert Sie zusätzlich neben dem Zertifikatskurs und gibt Ihnen die Möglichkeit, sich nach Ihrer Promotion exklusiv aufzustellen."

Constanze war hingerissen, und sie lachte Helena zu. Helena, die das Gespräch interessiert mitverfolgt hatte, nickte Constanze zu und kniff zwinkernd die Augen zusammen. „Toll!", formulierte sie mit den Lippen und blinzelte noch einmal Constanze an. Diese war fröhlich und wandte sich mit fast kindlichem Eifer ihren auf dem Tisch und den angrenzenden Stühlen ausgebreiteten Materialien zu.

Helena warf Christine Marquardt einen zurückhaltend lächelnden Blick voller Dankbarkeit zu, den diese mit einem sicheren Nicken genießerisch erwiderte, um sich dann den nun vielfach aufkommenden Fragen der anderen Teilnehmerinnen zu widmen.

Viele von ihnen waren bereits beim gemeinsamen Mittagessen, in dem sich die Gruppen jeweils näher kennengelernt hatten, in Fachdiskussion vertieft geblieben, und besprachen nun entsprechende Aspekte ihrer Lehre und deren Ausrichtung.

Als Helena und Constanze im Auto fuhren, lenkte Constanze überglücklich das Gespräch auf die neuen Impulse, die sich mit der Anfrage und Vermittlung der renommierten Gutachterin ergeben hatten.

Beide waren sich nicht näher gekommen, und Helena befiel ein wohliges Gefühl dabei. Sie verabschiedeten sich gänzlich formell, und Helena spürte, wie der Ehrgeiz Constanzes ihre impulsiven Gefühle hatte zurückstehen lassen.

Sie war sehr dankbar dafür, denn sie wollte es nicht verantworten müssen, in Constanze größere Erwartungshaltungen aufkeimen zu lassen.

Jetzt erst wurde ihr deutlich, wie wichtig neben der eigenen Ausstrahlung, die sie in ihrem Beruf als essentiell annahm, auch die reflexiv-analytische Betrachtung dieser Implikationen in die Umgebung war, um sich in einem wechselnden Verhältnis der gesendeten und empfangenen Kommunikation wirklich bewusst zu werden.

Der nächste Kurs brachte die beiden unterschiedlichen Frauenpaare zusammen, allerdings jedes auf eine ganz andere Weise:

Constanzes korrekterweise knapp formuliertes Forschungsvorhaben stieß bei der angefragten renommierten amerikanischen Professorin Nadine Morton auf großes Interesse, und diese hatte spontan die Betreuung als externe Gutachterin zugesagt. Constanze war überglücklich.

Christine Marquardt, die die Gesamtverantwortung über das Zertifikatsprogramm hatte, war über die Hochschule auf die Gutachter an der Heimatuniversität von Constanze zugegangen, die ihrerseits von der Zusammenarbeit mit dem Büro Nadine Mortons für ihre Universität profitieren konnten: Die Aufwertung dieser wissenschaftlichen Arbeit – nun als Promotionsvorhaben mit der externen Spitzenwissenschaftlerin – wurde durch die Universität begrüßt und diese damit auch offiziell freigegeben.

Die Dissertation Constanzes war damit nicht nur klar und zeitlich für die nächsten Monate vorbestimmt, sondern auch ihre weitere Zukunft mit einer sich anschließenden Verlängerung ihres Vertrages als wissenschaftliche Mitarbeiterin gesichert.

Constanze war so mit ihrer neuen Aufgabe beschäftigt, dass sie ihre Affinität für Helena nicht weiter hatte ausleben lassen. Sie nahm es vielmehr als ein Zeichen des Schicksals an, über diese Begegnung ihren beruflichen Traum verwirklichen zu können, und die auch anstrengende Forschungsarbeit nahm sie nun dauerhaft in Anspruch.

Helena hingegen war schon an jenem Tage mit klopfendem Herzen nach Hause gefahren. Sie hatte Constanze ihre Freude über die neuen, aussichtsreichen Möglichkeiten ausgedrückt. Mit keinem Wort jedoch hatte sie weitere Details ihrer Begegnung mit Magdalena von Arnim verloren, um Constanze nicht zu verletzen und sich auch nicht angreifbar zu machen.

Wie günstig es war, keinerlei Konfliktpotential aufkommen zu lassen, hatte sie bereits an dem Tage erfasst, an dem Christine Marquardt die Situation erkannt und ihre Kompetenzen eingesetzt hatte, um zu kanalisieren.

Mit ihrer hochgradig umsichtigen Weise hatte sie es geschafft, neue Möglichkeiten zu eröffnen und dabei wie zufällig aus dem Fundus wissenschaftlicher Möglichkeiten heraus zu operieren.

'Was für eine kompetente Frau', dachte sie bei sich, als sie sich am späten Nachmittag zum Institut von Magdalena von Arnim begab.

Sie dachte dabei über die Empathie Christine Marquardts nach und empfand dabei eine starke innere Beruhigung, die sie einnahm und sie voller Sicherheit ausstrahlen ließ.

Sie – Helena – war von den weiteren Kursen des Zertifikatsprogrammes Hochschullehre freigestellt worden, weil die Inhalte der Konzeption eines eigenen Lehrprogrammes ja nun von der anwerbenden Stelle, dem Kulturwissenschaftlichen Institut unter Leitung von Frau Prof. Dr. Magdalena von Arnim, übernommen wurden.

Diese hatte ihrerseits bereits mit dem Dekanat die Besetzung der seit langem beschlossenen Professor für Kommunikation, Führung und Zusammenarbeit abgestimmt, und empfing Helena Steinberg in ihrem Büro.

Nach den Unterschriften unter die Verträge und den wenigen formalen und inhaltlichen Abstimmungen mit der ebenfalls einbezogenen Senatskommission leitete Magdalena von Arnims Sekretärin alle Papiere weiter. Sie hatte schon gewartet, denn diese Aufgabe war die letzte vor ihrem lange eingereichten und wohlverdienten Urlaub. Der neuen Professur stand nun nichts mehr im Wege, und die Kommission beglückwünschte Helena Steinberg zu ihrer zukünftigen Position. Die Kommission war dankbar, dass sich mit dem neuen Profil auch endlich die in Aussicht stehenden Mittel für das Kompetenzzentrum, das bereits teilweise vorfinanziert worden war, endgültig abrufen ließen, die letztlich der gesamten Universität zugute kommen würden. Nachdem sich auch die Sekretärin dankend verabschiedet hatte, war es im Hause ganz ruhig geworden, und ein wunderbarer Zauber lag nun über dem Haus.

Gemeinsam begaben sich Magdalena von Arnim und Helena Steinberg zum etwas weiter entfernt liegenden Gebäude, einer kleinen, aber sehr repräsentativen, extra zu diesem Zwecke angekauften Villa, die über Tagungs- und Seminarräume, Büros der späteren, noch auszuwählenden Mitarbeiter und einem großzügigen Empfangsbereich sowie den zukünftigen Räumen für Helena verfügte.

Der Außenbereich war mit einem Garten gestaltet, der in den nahen Park führte – übrigens von Nadine Morton einst gestaltet, deren ausgewogener architektonischer Entwurf sich im seinerzeit ausgeschriebenen Wettbewerb durchsetzte.

Später wurde ihr die Honorarprofessur angetragen, die für sie keinerlei zusätzliche Einnahmen bedeutete, sondern ehrenhalber als Anerkennung und Würdigung für ihr Schaffen ausgesprochen und ihr auf Lebenszeit verliehen wurde.

Ihr Entwurf war sehr integrativ und ließ die Besucher sofort innehalten: Die sanften Gestaltungen mit jahreszeitlich aufeinander abgestimmten Stauden, den dann wechselnden Blatt- und Wuchsformen, die sich in den Stimmungen ergingen, nahmen die schöne klassizistische Architektur, die einander in ihrer Schlichtheit und Erhabenheit ergänzten, auf und entwickelten diese zum Park hin weiter.

Die Tagungs- und Seminarteilnehmer sollten für das Geld, das sie für die hier zukünftig stattfindenden Managementseminare zahlten, auch die gebündelte Ästhetik und kraftvolle Kompetenz erfahren, die sie berechtigterweise erwarteten.

Helena war begeistert. Es war wie im Traum, und sie konnte ihre Freude über die Schönheit und Ausstattung der geräumigen Villa kaum verbergen, und immer wieder nahm sie die Hand Magdalenas, ergriffen durch die Räume schlendernd.

Behutsam und mit langsamen Schritten begaben sich die Frauen aus dem voll eingerichteten Gebäude, das im Dachgeschoss auch über private Wohnräume verfügte, in den Garten, der auch im Herbst seine volle Schönheit entfaltete.

Die kühle Abendluft umfächerte die beiden Frauen, die nun dicht nebeneinander schlenderten, um sich aus ihrem Gespräch heraus immer wieder anzuschauen und den Anblick der jeweils Anderen zu genießen, völlig ungestört, gänzlich fern der Hektik des Alltags.

Helena war überwältigt, und sie gab sich viel Mühe, ihre Begeisterung zurückzuhalten, was Magdalena sichtlich genoss.

Das war also ihr neues Domizil, hier konnte und würde sie sich entfalten können, dachte Helena mit einem überglücklichen Gesicht, und blickte Magdalena von Arnim dankbar an.

Sie liefen nebeneinander, und es war schließlich Magdalenas Arm, der sich behutsam auf die Schulter Helenas legte, sie umfasste und sie beide einander so gestützt durch den Garten flanieren ließen. Irgendwann blieben sie stehen, und die Strahlen der untergehenden Sonne schienen Helena ins Gesicht.

Magdalenas Arm löste sich von ihrem Rücken und sie wandte sich zu ihr. Nun nahm sie beide Arme, legte sie um den Hals Helenas und sagte mit ihrem tiefen Blick: „Willkommen, liebe Helena."

Helena lächelte sanft, hob ihre Hände an, um sie um die schlanke Taille von Magdalena zu schlingen, und sagte zu dieser: „Danke, liebe Magdalena, ich danke Ihnen für alles."

Magdalena von Arnim lächelte, drückte sie an sich und umarmte sie lange. Ihrer beider Wangen waren eng aneinander gepresst, und Helenas Arme fuhren sanft über den Rücken Magdalenas. Keine von beiden vermochte zu sagen, wie lange sie sich umarmten, aber als sich ihre Köpfe voneinander lösten, die sie einander auf die Schultern gelehnt hatten, blieben ihre Körper verschlungen, denn sie hatten den Oberkörper des Anderen an den Schultern umfasst.

Lange blickten sie sich an, versenkten sich in die Augen des Anderen, und Magdalenas Hände strichen Helena, die diese an der Taille umfasst hielt, sanft über das Haar.

„Warum gerade ich?", fragte Helena zaghaft.

Magdalenas Blick suchte ihr Gesicht ab, strich ihr das Haar aus der Stirn, und entgegnete: „Weil ich mein halbes Leben lang auf der Suche nach einer Frau wie Ihnen war – überzeugend, weltgewandt, aufmerksam, gebildet, aber auch mitreißend. Und auch, liebe Helena, weil Sie mehr sind, anders sind, überragender sind, als alle anderen Personen, die mir begegnet sind."

Sie hielt inne, und lachte: „Schon damals, in der Alten Mensa, als wir uns zum ersten Mal begegneten, wusste ich, sah ich, erlebte ich, wie Sie mit Menschen umzugehen verstehen. Alle Blicke waren auf Sie gerichtet. Sie haben die einzigartige Eigenschaft, eine unendlich außergewöhnliche, übergreifende Faszination auf Menschen auszuüben, sie zu begeistern, zu motivieren, zu lenken und zu führen. Nur selten ist jemandem diese Gabe verliehen, und nur selten weist jemand auch wissenschaftlich fundiert, gebildet und geschult, diese Qualitäten auf und weiß sie zu vermitteln.

Mir ist noch niemand begegnet, der diese Vielfalt an positiven Merkmalen vereint, der noch dazu über Ihre Erfahrungen verfügt und über das Spektrum Ihrer Leistungen. Das, was Sie bislang extern mit Ihrer Agentur anbieten, können Sie von hier aus weltweit zugänglich machen."

Sie atmete schwer und ergänzte:

„Hier, liebe Helena, können Sie sich entfalten, entwickeln und weiterentwickeln. Von hier aus sollen Sie Ihre wunderbaren Eigenschaften an andere geben, auf akademischem Spitzenniveau und hoch bezahlt vermitteln. Alles, was Sie dazu brauchen, ist hier – aber Sie, Sie, liebe Helena, Sie haben uns hierzu gefehlt. Nun sind Sie gekommen, haben uns endlich mit Ihrem Wesen erfüllt und werden diese Position bekleiden. Sie geben uns und – nun werde ich auch persönlich – auch mir selbst all das zurück, was ich schon lange vermisste, entbehrte und was mir persönlich so wichtig im Leben ist. Ich liebe die Menschen, und ich möchte, dass diese lernen und sich weiterentwickeln. Dazu braucht man viel Kraft und Stärke, und den Glauben an das Gute. Sie haben all das, liebe Helena, und ich bin so glücklich, dass ich noch glauben und hoffen darf – ich hatte es fast schon aufgegeben."

Und sie hielt erneut inne, sagte dann: „Entfalten Sie sich nach Belieben, und bitte: Entfalten Sie unsere Universität!"

Helena war überglücklich, und als Magdalena geendet hatte, nahm sie ihre Hände und schloss Magdalenas Gesicht darin ein. Beide schauten sich an und trafen sich zum innigen Kuss. Magdalenas Lippen waren weich, von süßer Reinheit und zärtlicher Wärme. Sie legte ihr Gesicht an das Helenas und sagte wissend:

„Ich habe es schon damals gewusst, geahnt, gefühlt, als ich Sie sah. Bitte verzeihen Sie mir meinen wie einen Überfall auf Sie anmutenden Angriff, aber ich musste es tun." Und sie strich wieder über das Haar Helenas, sie nun anlächelnd: „Sie wissen, welche Kraft in uns wohnt, liebe Helena. Ich weiß, dass die Liebe ein immaterielles Phänomen ist; und viele Menschen glauben, sie sei nur Illusion. Im wirklichen Sinne ist sie das übrigens auch, denn sie ist nicht materiell-stofflich zu fassen, allenfalls energetisch, und damit – ich erinnere mich immer so gern an Ihren Widerspruch zu den Berechtigungen der Naturwissenschaften – sicherlich auch in der Experimentalphysik messbar – was meinen Sie?"

Lachend warf sie den Kopf zurück und sagte:

„Ich bin eben Kulturanthropologin, keine Theoretische Physikerin, aber wir sollten uns einmal mit einem solchen Vorhaben befassen, Liebe als Energiewellen zu visualisieren, finden Sie nicht auch?" Helena lachte ebenfalls und nahm ihre Hand: „Liebe Magdalena, dies müssen wir tun, unbedingt."

Lachend führten sie dieses Gedankenexperiment fort, und Magdalena – ganz Kulturwissenschaftlerin – führte aus, dass in einem großen Teil der Kulturen der Welt die Auffassung vertreten würde, dass die Welt des Immateriellen – damit auch die der Phantasie und Imagination – viel realer sei als die wirkliche, reale, materiell mess- und beschreibbare Welt der gegenständlichen Dinge.

Helena sagte ihr, dass sie dies wunderbar fände und hinsichtlich der Macht der Kommunikation teile: Ein gesprochenes Wort wäre auch ihrer Ansicht nach wichtiger als das verschriftlichte, und dass neun Zehntel aller Kulturen der Welt tatsächlich orale Kulturen seien, die keinerlei Schriftkultur ausgebildet hätten, wäre ein interessanter Fakt hinsichtlich der heute in unserer Zeit vielfach gelebten Neigung zu materiellen Werten, aber auch Urkunden und Dokumenten – in physischer oder auch digitaler Form.

Dass digitale Werke eigentlich keinerlei materiellen Informationsträger mehr aufweisen, sondern – genau genommen – auch nur als immaterielle, körperlose Darstellungen einzig mit inhaltlichem Wert, also dem Informationsgehalt, erscheinen würden (wobei der Begriff „Erscheinung" dann tatsächlich nur noch energetisch zu fassen sei), ließ beide weiter referieren.

Als sie sich am Abend zu einem schönen Essen in eines der Restaurants begaben, warfen ihnen die anderen Gäste bewundernde Blicke zu. Beide Frauen waren makellos schöne Erscheinungen, und die Gäste genossen die beiden, ihrer beider Lachen, ihre schönen Augen, die so wissend die Erfahrungen des Lebens preisgaben, und die sehnsuchtsvollen Mimiken, die immer wieder ineinander ruhten.

Lachend verließen beide später das Restaurant und begaben sich zu Magdalenas Haus, das sie in der Nähe der Universität angekauft hatte. Es war gänzlich funktional, nüchtern, schlicht und versachlicht, im Stil den bedeutenden einstigen Meisterhäusern des Bauhauses in Dessau nachempfunden, nur viel großzügiger angelegt.

Die obere Etage gab einen herrlichen Balkon frei, auf dem mediterrane Pflanzen sich im leichten Wind bewegten.

Außen war ein Swimmingpool angelegt, der von der Straße aus nicht sichtbar war.

Eine hohe, jedoch nicht zu hohe Mauer umschloss das Areal, so dass man sich ganz in Sicherheit befand.

Magdalena und Helena genossen einen Wein aus der Sammlung ihres Hauses, legten eine Schallplatte leichter Musik ein und fanden sich fest umschlungen auf der dunklen Ledercouch in der geräumigen Bibliothek. Magdalenas Augen ruhten auf dem durchtrainierten Körper der Jüngeren, die sich ihrerseits von den engen Sachen befreit hatte und in ihrem – wie stets – weißen Shirt noch reizvoller aussah; ihren Nadelstreifenanzug hatte sie längst abgelegt, und ihre gebräunten Beine waren verführerisch schlank und gaben die festem, trainierten Muskeln frei.

Verspielt legte auch Magdalena ihren Anzug ab, und die Dessous, die sie trug, ließen die Reize ihres Körpers noch verführerischer erscheinen. Ihre kleine, wohlgeformte Brust kontrastierte zu den üppigen Brüsten Helenas, deren trainierter Bauch und die schlanken Beine sich in der Position der Sitzenden gänzlich entfalteten.

Magdalena war sehr weiblich, und ihr zum Knoten gewundenes Haar löste sie aus der straffen Umklammerung der edlen Spange, bis es in üppiger Fülle, lockig und voluminös auf ihre Schultern fiel. Helena zog sie an sich, fuhr durch das schöne Haar und küsste Magdalena leidenschaftlich.

Magdalena ließ sich fallen und gab sich der ungestümen, jugendlich-dynamischen Helena hin, deren muskulöser Körper die weichen Rundungen Magdalenas auffing, sie zärtlich streichelte, berührte und schließlich auf das große Bett legte. Sanft glitt sie zu ihrem Hals, ihren festen, aber weichen Brüsten, dem Solarplexus bis zum Bauch, um sich danach vorsichtig an sie zu schmiegen, ihre Münder verschmelzen, und ihre Hände den Körper des anderen erfahren zu lassen.

Helena war tief erregt, und Magdalena umfasste die schlanke Frau mit sicherem Halt, legte sie auf den Rücken und begann, sie mit dem Mund zu verwöhnen. Ihr Haar glitt von der Brust zum Bauche Helenas, während ihre Hände ihre Brüste und Arme liebkosten, war sie schon mit ihrem Gesicht zu Helenas Knospe vorgedrungen, küsste und berührte sie liebevoll und ausgiebig, ihre Zunge ließ keinerlei Wünsche mehr offen.

Helena versank in den Kissen, sie erlebte unendliche Zärtlichkeiten von der erfahrenen Frau, die sie inniglich liebte und von der sie wiedergeliebt wurde.

Magdalena ruhte mit ihrem Kopf auf dem Bauch der schönen Frau, die noch bebte vor Erleben, deren Hände durch ihr Haar fuhren und die ihr Gesicht an sich zog. Sie umarmten einander, und ihre Wangen ruhten, jede an die der Anderen gepresst. Ihre langen, schlanken Hälse suchten einander und fanden sich. Helena wusste, dass sie die Frau ihres Lebens gefunden hatte, und Magdalena ließ sie in jedem Augenblick spüren, was sie ihr bedeutete, las ihr jeden Wunsch von den Augen ab.

-

In den nächsten Monaten war die Universität von einem eigenartigen Zauber erfüllt, der sich Außenstehenden nur schwerlich erklärte.

Nur wenige Eingeweihte, unter ihnen auch Christine Marquardt, wussten, dass es mit dem neuen, allseits beworbenen Kompetenzzentrum zusammenhing, das von einer jungen, sehr anziehenden Professorin, die man erst kürzlich geworben und einstimmig berufen hatte, geleitet wurde.

Mit besonderer allgemeiner Freude darüber war dem Rektor der altehrwürdigen Alma Mater, jener wunderbaren und international vernetzten Universität, im Ministerium die Position des Wissenschaftsministers offeriert worden, weil seine Universität sich so weithin aufstellen und sichtbare Impulse für die Vernetzung von Wissenschaft und Wirtschaft, Politik, Medien und Kultur leistete.

Christine Marquardt argwöhnte, dass die Position des Rektors in Bälde ausgeschrieben werden würde, und erfragte ihrerseits bei Magdalena von Arnim, ob diese sich für diese, doch noch höhere Position, begeistern könnte.

Lachend lehnte Magdalena von Arnim ab; sie habe alles gefunden, was sie in ihrem Leben je gesucht hätte.

Christine Marquardt wusste, wer damit gemeint war, und entschloss sich kurzerhand, sich selbst um diese Position zu bemühen.

Ein halbes Jahr später hatte sie die neue Rektoren-, bzw. Präsidentschaft, wie sie nun bezeichnet wurde, inne, war – ebenfalls einstimmig – vom akademischen Senat bestätigt und vom Ministerium berufen bzw. ernannt worden.

In kleinem Kreise feierte man in Magdalenas Haus, und Helena Steinberg, die die innige und persönliche Beziehung zu Magdalena im Einvernehmen mit dieser niemals offiziell hatte werden lassen, atmete auf – brauchte sie sich doch nun keinerlei Sorgen mehr zu machen.

Christine Marquardt rief an einem der späteren Tage an einem wunderbaren Abend beide Frauen zu sich.

Sie würde eine neue Politik an der Universität fahren, verkündete sie stolz. Dazu gehöre auch die Einrichtung und Vermarktung des neuen Lebenskonzeptes „Gender und Diversity Management", so dass Diskriminierungen, Zuschreibungen und Vorurteile, mit denen man möglicherweise bislang zu tun habe, keinerlei Raum mehr hätten.

Magdalena und Helena sahen sich lange an, und schließlich nahmen sie beide ihre neue Präsidentin in den Arm. Helena spürte, wie gut Christine diese Berührung tat, und lachte abwechselnd zu Magdalena und zu Christine.

Diese gab erst Magdalena, dann Helena einen Kuss auf die Wange und sagte dann, beider Hände ineinander legend:

„Ihr seid ein wunderbares Paar. Nun müsste ihr nichts mehr fürchten, und ich wünsche mir, dass Ihr glücklich werdet."

Als die beiden Frauen sich umarmten, schloss Christine Marquardt, frisch ernannte Präsidentin der Universität, leise die Tür, um sich überglücklich zu Charlotte Rothenburger ins Krankenhaus zu begeben. Sie hatte am Vormittage den Anruf erhalten, dass Charlotte wieder genesen werde, die Tumoren waren nach der Entfernung nicht mehr aufgetreten, und anfängliche vermutete, üblicherweise folgende Metastasenbildungen ausgeblieben.

Wie glücklich sie war, spürten alle in den nächsten Wochen, als Charlotte Rothenburger erstmals wieder zurückkam, um den neuen Zertifikatskurs aufzulegen. Sie war von Helena Steinberg, die sie zuvor ja nicht persönlich kennenlernen konnte, sehr angetan.

In einem späteren Gespräch gemeinsam mit Christine Marquardt und Magdalena von Arnim offenbarte sie Helena, dass sie sich nur an dem Gedanken an diese wunderbare Frau, deren außergewöhnliche und überragende Erscheinung ihr geschildert worden war, aufrecht gehalten hatte.

Die positive Einstellung jener beschriebenen Frau hatte sie wieder mit Lebensmut erfüllt, und die positive Erwartung war wie eine Selbstinstruktion in sie gedrungen, so dass sie sich – ganz auf die erwartungsvolle Zukunft projiziert – hatte inspirieren lassen, um sich wieder gesundheitlich aufzurichten.

Der Zauber der charismatischen Erscheinung Helena Steinbergs hatte sich weitreichend entfaltet. Sie war glücklich und aktiv, und gemeinsam mit Magdalena von Armin gedieh alles ausgezeichnet.

Und kaum jemand ahnte, wie viele neue Frauen sich, anfangs noch unsicher, aber mit immer stärker geschultem und gewachsenen Selbstbewusstsein, in den nächsten Jahren an die Universität begaben, deren Kompetenzzentrum nun auch in der Interkulturellen Kommunikation und im Internationalen, Interkulturellen Management vermittelte und sich damit international einzigartig präsentieren konnte.

Das alles hatte Charlotte Rothenburger geschaffen, und ihre Genesung war der Dank des Schicksals für die glücklichen Menschen, die sie zueinander geführt hatte.